SAGA DI RAGNAR LODBROK

INDICE

INTRODUZIONE

Secondo la tradizione, Ragnar Lodbrok fu un potente "re del mare" durante l'epoca vichinga. Dei re del mare si parla in quasi tutte le saghe antiche (*Fornaldarsogur* in Islandese), ad esempio nella *Saga degli Yngling*, nel capitolo dedicato a Rolf Kraki: "In quei giorni molti re, sia Danesi che Norreni, devastavano i domini svedesi; vi erano molti re del mare che regnavano su molte persone, ma non avevano terre, e lui potrebbe essere chiamato a buon diritto un re del mare, che non dormì mai sotto un tetto di travi polverose". Ma Rolf Kraki, anch'egli protagonista di una saga lui dedicata (*La Saga di Rolf Kraki e dei suoi Campioni*), non gode dello stesso riscontro che invece avvolge il nome di Ragnar Lodbrok, e anche ben al di fuori della storia e del mito scandinavi. Come Rolf, Ragnar è una figura storicamente contestata.

Le fonti medievali che parlano di Ragnar sono:

- Il libro IX del *Gesta Danorum*, un'opera del XII secolo del cronista cristiano Saxo Grammaticus;
- il racconto dei figli di Ragnar (*Ragnarssona þáttr*), una saga leggendaria;
- *Ragnars saga Loðbrókar*, oggetto di questa traduzione;
- il *Ragnarsdrápa*, un poema scaldico di cui rimangono solo frammenti, attribuito al poeta del IX secolo Bragi Boddason,
- il *Krákumál*, la canzone della morte di Ragnar, un poema scaldico scozzese del XII secolo.

"*Ragnars saga loðbrókar*" (Saga di Ragnar dai calzoni pelosi) sopravvive in due importanti redazioni: X, risalente al 1250 circa e conservata frammentariamente con il Krákumál incorporato nel suo testo, e Y, risalente al tardo XIII secolo, derivante in gran parte da X e conservata completa con il Krákumál in appendice. L'esistenza di una terza redazione, chiamata "più antica" e composta indipendentemente dal Krákumál si può dedurre dalle prove combinate di X e *Ragnarssona þáttur*, un compendium in prosa principalmente conservata nel Hauksbók. Questa redazione più antica fu forse completata nel 1230.

Il personaggio trattato in questa saga discende da quelli della saga "ancestrale" che è la *Saga di Re Heidrek*, il cui figlio, Angantyr "... regnò a lungo sul Reidgotaland; fu potente, e un grande guerriero, e discendenze regali provengono da lui. Suo figlio fu Heidrek Pelle di Lupo, che dopo di lui fu a lungo re del Reidgotaland; ebbe una figlia di nome Hild, che fu la madre di Halfdan il Valoroso, padre di Ivar Vidfavne". Di Ivar si narra in diverse saghe come del re che sottomise tutta la Svezia e gran parte dei territori scandinavi. In Danimarca diede sua figlia Alfhild in sposa a Re Valdar, che lui stesso aveva messo a regnare nel paese. A Valdar succedette il figlio Randver in Danimarca, mentre il fratello di quest'ultimo, Harald Dente di Guerra, regnò in Svezia e negli altri territori. Figlio di Randver e Asa fu Sigurd Ring, che sconfisse, secondo i racconti narrati anche in questa saga, lo stesso Harald Dente di Guerra, e regnò da solo su tutta la Danimarca. Ragnar Lodbrok sarebbe quindi il figlio ed erede di Sigurd Ring.

La leggenda dice che Ragnar si sposò tre volte. La sua prima moglie fu la *skjaldmær* (vergine-guerriera) Lagertha, che però viene trattata solo nel Gesta Danorum. Secondo le storiche Nora Chadwick e H. R. Ellis Davidson Lagertha potrebbe essere una personificazione di Thorgerd Holgabrudr, una divinità femminile che interviene nella *Saga dei Vichinghi di Jomsborg* in aiuto dello jarl pagano Haakon. La seconda moglie, Thora Borgahjort, era la figlia dello stesso Herrod protagonista della *Bósa saga ok Herrauds* (Saga di Bosi e Herrod). Herrod era anch'egli figlio di Sigurd Ring, per cui, se si provasse a collegare le due saghe, Herrod sarebbe fratellastro di Ragnar che avrebbe poi sposato sua figlia. Come si può ben comprendere, più ci si addentra nel mito, più ci si allontana da una già flebile storicità degli eventi narrati. Terza moglie di Ragnar, infatti è nientemeno che la semidivina Aslaug, citata nel capolavoro supremo, *La Saga dei Volsunghi* che, come quella di Re Heidrek, narra della guerra tra Goti e Unni e di eventi posizionabili in tempi storici di gran lunga antecedenti all'Era Vichinga. Aslaug è la figlia di Sigurd e Brunilde, quindi discendente di Odino stesso per parte di padre.

La *Saga di Ragnar Lodbrok* viene considerata, nella maggior parte dei casi, un seguito diretto della *Saga dei Volsunghi*, a scapito della cronologia e quindi della "storicità" dei personaggi coinvolti, perlomeno di Ragnar e delle sue mogli. Secondo i letterati Peter Wieselgren (Svezia) e Björn Magnússon Ólsen (Islanda), entrambi vissuti nel 1800, la *Saga dei Volsunghi* addirittura non è mai esistita in modo indipendente, ma è stata appositamente compilata come una introduzione alla *Saga di Ragnar Lodbrok*, al fine di asserire la discendenza divina della casa reale norvegese. Perché molti dei figli attribuiti a Ragnar Lodbrok, sono esistiti eccome. Unendo tutte le fonti scritte su Ragnar, si possono contare: Hastein (*Gesta Danorum*), Bjorn Ragnarsson (o Bjorn Fianco di Ferro), Agnar ed Eirik (da Thora), Ivar il Senz'ossa, Hvitsark (chiamato anche Halfdan

8

in alcune fonti), Sigurd Occhio di Serpe (Sywardus), Ubbe (che viene detto "capo dei Frisoni" nelle cronache anglosassoni).

Nell'866, per vendicare il padre, Ivar, Bjorn, Hvitsark, Sigurd e Ubbe attraversarono il Mare del Nord con un'enorme flotta alla volta dell'Inghilterra. Diverse fonti chiamano il loro esercito la Grande Armata Etena. La Grande Armata Etena, così come è chiamata nelle cronache anglosassoni, era una coalizione di guerrieri norreni che seguivano la Fede degli Avi. Originari della Danimarca ma con elementi provenienti da Svezia e Norvegia, nonché Frisia, che mantenne una strenua resistenza alla cristianizzazione, e successivamente attingendo da forze locali, si riunirono sotto un comando unificato per invadere i quattro regni anglosassoni che costituivano l'Inghilterra nell'anno 865 d.C. I fatti narrati nella saga ricoprono essenzialmente questo periodo, quindi il pieno dell'Era Vichinga. Sin dal tardo VIII secolo, i Vichinghi si erano resi noti, al di fuori dell'area scandinava, principalmente per incursioni "toccata e fuga" a danno dei monasteri, i centri dove era concentrata la ricchezza maggiore all'epoca. Tuttavia, l'intento della Grande Armata Etena era diverso. Essa era molto più grande e il suo scopo era quello di conquistare interi territori da controllare politicamente, cosa che poi si concretizza storicamente nel Danelaw. La leggenda narra che la forza fosse guidata da tre figli di Ragnar Lodbrok. La campagna di invasione e conquista contro i regni anglosassoni durò 14 anni.

Lo stendardo della Grande Armata Etena che invase l'Inghilterra nell'866.

Sebbene questi fatti siano il fulcro storico della saga cui si introduce, l'azione dei Vichinghi di quegli anni interessava praticamente tutta l'Europa del tempo. Non esulano dalle imprese dei figli di Ragnar la spedizione del Mediterraneo, né le prime attestazioni di un'espansione a oriente che coincidono con le fondamenta del Principato Rus di Kiev, grazie all'azione dei Variaghi. Anche l'Italia fu coinvolta, dapprima per la spedizione nel Mediterraneo **tra** 859 e 861 guidata da Hastein e Bjorn Fianco di Ferro figli di Ragnar Lodbrok. Separatisi da un gruppo presente sulla Senna già dall'855, nella primavera dell'859 i Vichinghi di Hastein e Björn fecero vela con le loro 62 navi verso lo stretto di Gibilterra, attraverso il quale entrarono, dopo aver saccheggiato la costa iberica occidentale, nel Mar Mediterraneo. I Vichinghi saccheggiarono Algeciras, di cui incendiarono la moschea, e Nekur in Marocco, quindi deviarono verso la costa francese del Mediterraneo, passando per le Baleari, e si stabilirono in Francia meridionale. Nella primavera dell'860 i razziatori si dedicarono al saccheggio degli insediamenti della valle del Rodano e dopo aver subito non poche perdite da parte dei Franchi, ancora nell'860 i Vichinghi ripresero il mare e fecero rotta verso le coste tirreniche dell'Italia, dove proseguirono l'attività di saccheggio per un periodo non ben determinato. Nell'861, Hasting e Björn presero la via del ritorno, passando di nuovo per Gibilterra e razziando anche Pamplona. Nell'862, infine, erano tornati in Bretagna. Il retaggio che Normanni e Variaghi, nei secoli successivi, lasciarono al Sud Italia, è di indiscutibile valore storico.

Storicamente parlando, la vita dell'uomo che fu Ragnar Lodbrok può essere dedotta solo da luoghi e tempi di cui si trova riscontro in fonti scritte. La sua esistenza storica non gode di un terreno solido, per cui si è tentati di riconoscere in Ragnar una summa leggendaria di vari personaggi che si sono avvicendati più o meno al tempo narrato nella saga. È degno di nota il fatto che molti atti accreditati a Ragnar sembrano essere associati a figure leggendarie che potrebbero avere maggiore rilevanza storica di lui. Queste includono:

- Re Horik, solo re della Danimarca fino alla sua morte nell'854. Rifiutò di convertirsi al Cristianesimo;
- Reginfrid di Danimarca che, rimasto pagano, si oppose al re vassallo dei Franchi, e suo fratello, Harald Klak;
- "Reginherus" che attaccò Parigi nell'anno 845;
- Rognvald della Saga delle Orcadi, padre di Rollo il Camminatore;
- Il padre dei capi vichinghi che invasero l'Inghilterra nell'865 con la Grande Armata Etena.

Ragnar sembra quindi essere una fusione di più persone. Anche le leggende irlandesi parlano di un Reghnal, un guerriero che fece irruzione a Parigi e che poi si spostò in Inghilterra. Le storie norvegesi menzionano un Ragnar che all'epoca fu una minaccia per la Francia. Questi sono probabilmente la stessa persona.

Il filo conduttore netto e innegabile di questa saga, a dispetto di un più fumoso senso storico solo in parte necessario rispetto al ben più importante senso "spirituale" di quanto narrato, è il forte attaccamento, da parte degli eroi descritti, alla Fede degli Avi. In quanto discendenti degli dèi che li guidano, e non "eroi atei" come Rolf Kraki e i suoi Campioni, Ragnar e i suoi figli risultano le migliori personificazioni, storiche o meno, dei Nord-Europei che non hanno voluto piegarsi al Cristianesimo. Per questo, pur non essendo un personaggio la cui esistenza storica sia accertata, l'importanza del Mito di Ragnar trascende e supera qualsiasi attestazione storica, per un motivo molto semplice: Ragnar Lodbrok rappresenta l'ultimo esempio cronologico di eroe "pagano", che vive, lotta e muore secondo la sua "pietas", ben visibile anche in quelle fonti "cristiane" che sono le Saghe Islandesi. Per questo la sua effettiva esistenza storica passerà sempre in secondo piano rispetto a quanto si può leggere del suo "canto di morte" nel Krákumál (1200):

Abbiamo colpito con le nostre spade!
La mia anima è felice, perché so
Che il padre di Balder ha preparato
Le sue panche per un banchetto.
Getteremo indietro
brindisi di birra
da corni ricurvi;
Nessun guerriero piange la sua morte
Nella meravigliosa casa di Fjolnir.
Non una sola parola di debolezza
Pronuncerò nella sala di Odino.

Desidero la mia morte ora.
Le Disir mi chiamano a casa,
Chiamate da Odino si affrettano
a portarmi nella sua sala.
Sulla panca alta, con coraggio,
berrò birra con gli dei;
La speranza della vita è persa ora -
Ridendo morirò!

I

A HLYMDALIR, Heimir ha notizia della morte di Sigurd e Brunilde. Aslaug, loro figlia e sua figlia adottiva, aveva allora tre anni. Egli sapeva che ci sarebbe stato un tentativo di uccidere la ragazza e porre fine alla sua stirpe. Così grande fu il suo dolore per Brunilde, da lui cresciuta, che non gli importava più né del suo regno né dei suoi beni. Quando si rese conto che non poteva tenere la ragazza nascosta lì, fece costruire un'arpa così grande che poteva mettervi dentro la fanciulla Aslaug insieme a molti tesori d'oro e d'argento, e poi andò per le terre straniere e in seguito attraverso le regioni delle terre del Nord.

La sua arpa era così abilmente fabbricata che poteva essere smontata e assemblata nelle giunture e, nei giorni in cui si trovò accanto a una cascata che non era neanche lontanamente vicina a una fattoria, volle smontare l'arpa e fare il bagno alla bambina. Aveva con sé un vinlauk[1], che le diede da mangiare. Per le proprietà di questo porro un uomo poteva vivere a lungo anche se non aveva altro cibo. E quando la bambina piangeva, lui suonava l'arpa e lei subito taceva, poiché Heimir era ben preparato negli idrottir[2] dell'epoca. Aveva molti bellissimi abiti e molto oro con sè nell'arpa.

Da lì quindi continuò il viaggio fino a quando non giunse in Norvegia, a una piccola fattoria che si chiamava Spangarheid[3], dove viveva un contadino chiamato Áki. Aveva una moglie di nome Gríma. Non c'era nessuno oltre a loro. Un giorno l'uomo[4] era andato nei boschi e la donna era rimasta a casa. Salutò

---

[1] *Vinlaukr*, letteralmente cipolla rossa, è un porro magico che assicura nutrimento alla bambina. Le proprietà magico-curative del porro (che indica in generale anche ogni varietà di cipolla o aglio) sono descritte anche nel poema runico di Brunilde (Saga dei Volsunghi), oltre che in altre saghe.

[2] La parola *Idrottir* (pl. collettivo) indicava abilità sul piano fisico e intellettivo. Tali abilità sono espresse, nelle saghe antiche come in nessun registro antico, nei giochi sportivi che spesso allietano i banchetti dei nobili (come nella saga dei Vichinghi di Jomsborg). Gli esercizi di abilità riguardavano tre campi: giochi atletici o esercizi ginnici, come la lorra libera, il nuoto, la corsa, il salto, il salto, il bilanciamento, l'arrampicata, il gioco della palla; esercizi bellicosi con armi, che abbracciavano scherma, tiro della lancia lancia, tiro con l'arco, ecc.; esercizi mentali, che consistevano in poesia, narrativa di saghe, indovinelli (di cui nella Saga di Heidrek si può trovare un fulgido esempio) giochi di scacchi (tafl) e suono dell'arpa.

[3] Località situata nella costa meridionale della Norvegia.

[4] Il termine con cui vengono descritti Aki e la moglie in tutte le versioni inglesi è "povero uomo" e "povera donna" in riferimento alla parola islandese "*karl*" (femm. *kerlinga*), che in realtà indica la ben precisa classe sociale degli uomini liberi, dediti al contadinato. Per

Heimir e chiese che tipo di uomo fosse. Lui rispose di essere un mendicante e chiese alla donna di dargli alloggio. Lei disse che non erano in molti a venire lì, quindi poteva facilmente accoglierlo, se pensava di averne bisogno. Quindi lui disse che avrebbe avuto il più grande conforto se un fuoco fosse stato acceso davanti a lui, e quindi fu accompagnato nella sala da notte dove avrebbe potuto dormire.

E quando la donna accese il fuoco, egli ripose l'arpa accanto a sé, e la donna non era molto loquace. Spesso i suoi occhi erano attratti dall'arpa, dal momento che i bordi di uno dei gloriosi abiti sporgevano da essa. E quando lui si massaggiava le membra davanti al fuoco, lei vide un glorioso anello d'oro che si intravedeva da sotto i suoi stracci, poiché era vestito male. E quando si era scaldato quanto voleva, allora potè cenare. Dopo di che disse alla donna di guidarlo dove avrebbe dovuto dormire quella notte.

La donna disse che sarebbe stato meglio per lui stare fuori, "dato che io e mio marito parliamo spesso quando torna a casa".

Le disse di prendere lei la decisione. Poi uscì con lei. Prese l'arpa e la portò con sé. La donna proseguì fino a quando arrivò a un fienile e lo fece entrare, e disse che avrebbe dovuto restare lì, e che lì avrebbe potuto ben godersi il suo sonno. E quindi la donna andò per la sua strada e si occupò dei suoi compiti quotidiani, e lui andò a dormire.

L'uomo tornò a casa quando al calare della sera, ma la donna aveva fatto ben poco di ciò che doveva fare. Ed egli era stanco quando tornava a casa, e difficile da gestire quando non si era fatto tutto ciò che si doveva. L'uomo disse che doveva esserci una grande differenza nella loro felicità quando lui lavorava ogni giorno più di quanto poteva, mentre lei non aveva fatto quelle cose che dovevano essere fatte.

"Non arrabbiarti, marito", disse, "perché potrebbe darsi che tu, con un lavoro molto breve, potrai essere certo che saremo felici per sempre".

"Che vuol dire?" disse l'uomo.

---

questo motivo nella nostra versione si indicheranno sempre Aki e Grima come contadini, o uomo e donna, in netta differenza dagli jarl, la classe nobiliare, ma anche dai ben più poveri *thrall* – gli schiavi.

La donna rispose: "Un uomo è venuto alla nostra fattoria, e penso che abbia molta ricchezza con lui per il viaggio - è piegato dalla vecchiaia, ma deve essere stato un grande eroe, anche se ora è molto stanco. Non penso di aver visto un suo pari, ma penso che sia stanco e assonnato".

L'uomo disse: "Mi sembra inopportuno tradire uno di quei pochi che sono venuti qui".

Lei rispose: "Questo è il motivo per cui sarai per molto tempo un piccolo uomo, poiché tutto diventa grande ai tuoi occhi; ora devi fare una delle due cose - o lo uccidi, o lo prenderò come mio marito, e ti cacceremo via. E posso dirti com'è andata quando ha parlato con me stasera, e non ti sembrerà piacevole. Ha parlato con me con desiderio, ed è mio piano prenderlo come marito e portarti via o ucciderti, se non farai quello che voglio".

E si dice che l'uomo avesse una moglie prepotente, ed ella continuò finché lui non cedette al suo pungolo, prese la sua ascia e la affilò per bene. E quando ebbe finito, sua moglie lo condusse là dove dormiva Heimir, che in quel momento stava russando.

Quindi la donna disse al marito che avrebbe dovuto attaccare nel miglior modo possibile, "e poi balzare via velocemente, dal momento che non sarai in grado di resistere se ti mette le mani addosso". Poi prese l'arpa e la portò via con sè.

Allora l'uomo andò dove dormiva Heimir. Lo colpì e gli inflisse una grande ferita, ma lasciò cadere l'ascia. Subito corse via più velocemente che potesse. Quindi Heimir si svegliò al colpo, che fu la sua rovina. E si narra che un tale trambusto sorse nei suoi spasmi mortali, che i pilastri della casa crollarono e tutta la casa cadde e vi fu un grande terremoto, e lì la sua vita finì.

Poi l'uomo andò dove si trovava la moglie e disse che lo aveva ucciso... "ma tuttavia, per un po' non sono stato sicuro di come sarebbe andata, dato che quest'uomo era terribilmente forte, ma mi aspetto che adesso sia in Hel[1]!"

La donna disse che meritava ringraziamenti per l'azione "e mi dà speranza, che ora avremo abbastanza soldi e vedremo se quello che ho detto è vero".

---

[1] Oltretomba, prende il nome dalla figlia di Loki, che ne è la regina.

Poi accesero il fuoco e la donna prese l'arpa e volle aprirla, ma non fu in grado di farlo in altro modo che rompendola, poiché non aveva abilità nel mestiere. E quindi andò ad aprire l'arpa, e lì vide una bambina, così bella che pensò di non averne mai viste prima, insieme a molti soldi nell'arpa.

Allora l'uomo disse: "Ora dovrà succedere ciò che spesso accade, che andrà male per coloro che tradiscono chi si fida di loro. Pare che una persona da mantenere sia arrivata nelle nostre mani".

La donna disse: "Non è ciò che mi aspettavo, ma non ne verrà alcun danno". E poi chiese quale potesse essere la linea familiare della ragazza. Ma la ragazza non rispose, poiché ancora non aveva iniziato a parlare.

"Ora è tutto come mi aspettavo, che il nostro piano andrà male", disse l'uomo. "Abbiamo commesso un grande crimine. Come dovremmo provvedere per questa bambina?"

"Questo è chiaro", disse Gríma. "Si chiamerà Kraka[1], come mia madre".

Allora l'uomo disse: "Come provvederemo per questa bambina?"

La donna rispose: "Ho un buon piano: la chiameremo nostra figlia e la cresceremo".

"Nessuno ci crederà", disse suo marito, "poiché questa bambina è molto più piacevole di noi. Siamo nati entrambi assai brutti, e la gente non crederà mai che abbiamo una figlia così, per come siamo entrambi fuori dal comune in bruttezza".

Allora la donna disse: "Non sai che ho un piano astuto, così che ciò possa non sembrare improbabile. Le raderò la testa e strofinerò il catrame e altre cose quando i suoi capelli ricresceranno. Avrà quindi un cappello. Non deve essere ben vestita. Saremo tutti uguali allora. Può darsi che gli uomini credano che io sia stata molto bella quando ero giovane. E lei farà tutti i lavori peggiori".

E l'uomo e la donna pensavano che non fosse in grado di parlare, perché non rispondeva mai. Poi avvenne ciò che aveva suggerito la donna. Ella crebbe lì e fu molto povera.

---

[1] In Islandese, corvo.

II

Herrod era uno jarl potente e famoso nel Gautland[1]. Egli era sposato. Sua figlia si chiamava Thora, ed era la più bella di tutte le donne in aspetto, ed era molto cortese in tutte le cose che era meglio avere che non avere. Il suo soprannome era Borgarhjört[2], dal momento che si distingueva da tutte le donne in bellezza come fa il cervo maschio da tutti gli altri animali. Lo jarl amava moltissimo sua figlia. Aveva una pergola fatta apposta per lei a pochi passi dalla sala del re, protetta da una staccionata di legno. Lo jarl aveva l'abitudine di mandare ogni giorno qualcosa a sua figlia per il suo divertimento, e diceva che avrebbe continuato con questa usanza.

Di questo si dice che, un giorno, mandò a sua figlia un piccolo serpente[3], bellissima creatura; il serpente le piacque, e lo teneva in una piccola scatoletta di legno dove riponeva dell'oro sotto di esso. Rimase lì per poco prima che fosse cresciuto enormemente, come faceva l'oro su cui stava. A un certo punto il serpente non ebbe più spazio nella scatola di legno, e quindi giaceva al di fuori di essa, circondando la scatola. E in seguito accadde che non ebbe più spazio nella stessa pergola, e l'oro cresceva sotto di esso esattamente come faceva il serpente. Poi si stese fuori, intorno al pergolato, in modo che la sua testa e la sua coda potessero toccarsi, e divenne difficile da gestire. Nessun uomo osava venire al pergolato a causa di questo serpente, tranne uno, che gli portava del cibo, e serviva un intero bue per nutrirlo.

Al conte questo sembrò un gran danno e pronunciò questo voto: che avrebbe dato sua figlia a quell'uomo, chiunque fosse, che avesse ucciso il serpente, e quell'oro che era sotto di lui sarebbe stata la sua dote. Queste notizie divennero note in tutto il paese, ma nessuno aveva abbastanza fiducia in se stesso per sopraffare il grosso serpente.

---

[1] Regione storica della Svezia. Geograficamente è situata nel sud della Svezia e confina a nord con lo Svealand, attraverso le foreste di Tiveden, Tylöskog e Kolmådren che fanno da confine. È un luogo di importanza centrale in tutte le saghe più famose.
[2] Cervo del villaggio. Questo nome sembra indicare insieme la bellezza della ragazza e la sua regalità, tramite la nota similitudine di un essere umano con un animale (una *kenning* delle più comuni in poesia).
[3] Il nome originale è *lyngorm*, in inglese *lindworm*, qui tradotto come 'serpente' per semplificare il contrasto con ciò che sarebbe divenuto crescendo: un drago-serpente molto simile a Fafnir della Saga dei Volsunghi, specie per il ricorrente legame tra il drago e l'oro.

III

A quell'epoca, Sigurd Hring aveva il potere in Danimarca. Era un re potente ed era famoso per quella guerra in cui combatté contro Harold Dente di Guerra a Brávellir e Harold cadde davanti a lui, come è noto in tutte le regioni del nord[1]. Sigurd aveva un figlio, di nome Ragnar. Era un uomo grande, di bell'aspetto e buona intelligenza, generoso con i suoi uomini, ma severo con i suoi nemici. Poco dopo aver raggiunto la maggiore età, si procurò truppe e navi da guerra, e divenne uno dei più grandi guerrieri, tanto che quasi nessuno poteva competergli.

Sentì ciò che aveva detto Jarl Herrod, ma non gli diede importanza e lasciò tutto come se non lo sapesse. Si era fabbricato da solo indumenti meravigliosi: erano calzoni arruffati e un cappotto di pelliccia, e quando furono pronti li fece bollire nella pece. Successivamente li mise da parte.

Un'estate portò la sua flotta da guerra nel Gautland e ancorò le sue navi in un torrente nascosto, a poca distanza da dove regnava lo jarl. E quando Ragnar era lì da una notte, si svegliò presto la mattina, si alzò e prese la stessa armatura che è stata menzionata in precedenza, la indossò, impugnò una grande lancia e scese dalla nave da solo. E lì, dove c'era la sabbia, si rotolò nella sabbia. E prima di proseguire per la sua strada, estrasse dalla lancia il chiodo che sosteneva la punta e poi andò dalla nave al cancello dello jarl e vi arrivò alla mattina presto, così che quando venne, tutti gli uomini dormivano ancora. Poi si voltò verso la pergola. E quando arrivò alla staccionata di legno dove si trovava il serpente, lo attaccò con la sua lancia; conficcò la lancia e poi la tirò indietro, per poi attaccare di nuovo. Quell'affondo colpì la spina dorsale del serpente, e poi torse la lancia in modo che la punta della lancia si staccasse; vi fu un tale baccano per gli spasmi mortali del serpente che tremò tutto il pergolato. Quindi Ragnar si voltò. Poi arrivò un getto di sangue che lo colpì tra le spalle, ma questo non gli fece alcun danno, dal momento che i vestiti che aveva fatto lo proteggevano. E coloro che si trovavano nella pergola si svegliarono con il baccano e uscirono dal pergolato.

Poi Thora vide un grande uomo uscire dalla pergola e gli chiese il suo nome e chi volesse trovare. Si fermò e pronunciò questo verso:

---

[1] La *Saga di Re Heidrek* (*Heravarsaga*) narra che Sigurd Hring e Harald combatterono la Battaglia del Brávellir, sulle piane di Östergötland, in cui Harald e molti dei suoi uomini morirono, come una delle più important battaglie di sempre.

Ho rischiato la mia celebre vita, bella donna;
vecchio di quindici inverni
E ho sconfitto il pesce di terra[1].
Vicino a disgrazia, una rapida
Morte per me - salvo
Ho affondato bene al cuore
Il salmone anellato della brughiera.

E poi se ne andò per la sua strada e non parlò più con lei. E la punta di lancia si trovava ancora nella ferita, ma lui aveva l'asta con sé. Quando udì questo verso, ella capì cosa le aveva detto della sua avventura e quindi quanti anni aveva. E allora si domandò chi potesse essere, e pensò di non essere certa se quello fosse un essere umano o meno, dal momento che le sembrava che la sua stazza fosse grande quanto quella che si dice dei mostri per l'età che aveva. Poi fece ritorno alla pergola e si addormentò.

E quando gli uomini uscirono quel mattino, si accorsero che il serpente era morto, ed era stato pugnalato con una grossa lancia, e la punta della lancia era ancora infilzata nella ferita. Quindi lo jarl rimosse la punta della lancia, ed era così grande che pochi avrebbero potuto usarla come arma. Quindi lo jarl considerò ciò che aveva detto dell'uomo che avresse ucciso il serpente, e pensò di non essere certo se questi fosse un essere umano o meno, e poi discusse con i suoi amici e sua figlia su come avrebbe dovuto cercarlo; sembrava probabile che l'uomo che l'aveva vinto avrebbe in seguito cercato di ottenere la ricompensa.

Lei gli consigliò di chiamare un grande thing[2]... "e ordina a quelli che non vogliono subire l'ira dello jarl e sono in qualunque modo in grado di partecipare al thing di venire qui. Se qualcuno è l'uomo che ha dato al serpente la sua ferita mortale, allora avrà anche l'asta che sia abbina alla punta della lancia".

Ciò sembrò promettente allo jarl, e quindi chiamò un thing. E quando venne il giorno in cui si sarebbe dovuto celebrare, venne lo jarl e molti altri capi tribù. Molti uomini vennero.

---

[1] *Foldar fiski* - "pesce di terra", una kenning per indicare il *lyngorm*.
[2] Il *thing* è un'assemblea, in tempi antichi presieduta dai re, o dagli jarl, meno comunemente dai *gothar* – i sacerdoti – per quanto riguarda le saghe antiche. Erano invece questi ultimi, nell'Islanda basso medievale ritratta nelle saghe degli Islandesi, a presiedere il thing, che nella sua forma più ampia è detto *Althing*. Il moderno parlamento islandese è esattamente chiamato così.

IV

Giunse notizia alla nave di Ragnar che ci sarebbe stato un thing a breve. Quindi Ragnar uscì dalla sua nave con quasi tutti i suoi uomini, diretto al thing. E quando arrivarono là, si allontanarono un po' da altri uomini, poiché Ragnar vide che erano arrivati molti più uomini di quanto fosse consuetudine. Poi lo jarl si alzò in piedi e chiese il loro silenzio e parlò - prima chiese a quegli uomini che avevano ben risposto alla sua convocazione di accettare i suoi ringraziamenti; poi parlò di ciò che era accaduto; poi parlò di ciò che aveva giurato riguardo all'uomo che avesse ucciso il serpente. Poi disse: "Il serpente è morto e l'uomo che ha compiuto questa grande azione ha lasciato la lancia nella ferita. E se qualcuno che è venuto qui al thing è colui che ha l'asta che reggeva la punta della lancia e che è stata portata via, e può dunque dimostrare la sua rivendicazione, allora adempierò a ciò che ho giurato, chiunque egli sia, di grande o umile rango".

E quando finì il suo discorso, fece portare la punta della lancia davanti a ogni uomo che si trovava al thing, e ordinò a colui che avesse reclamato l'atto, o chi possedesse l'asta della lancia che coincideva con quella punta, di parlare. E così fu fatto. Nessuno fu individuato come quello che aveva l'asta.

Quando la punta di lancia giunse dov'era Ragnar e gli fu mostrata, allora riconobbe che era sua; i pezzi coincidevano l'uno con l'altro, la lancia e l'asta. Allora gli uomini pensarono di sapere che doveva aver ucciso il serpente, e divenne molto famoso in tutte le terre del nord per questa azione, e quindi chiese Thora, la figlia dello jarl, e lo jarl accolse volentieri questa offerta. Quindi gli fu data, ed ebbero la festa più grande con le migliori provviste del regno. A questa festa Ragnar si sposò.

E quando la festa fu finita, Ragnar andò nel suo regno e regnò su di esso e amò moltissimo Thora. Ebbero due figli: il maggiore si chiamava Eirek, e il più giovane Agnar. Divennero grandi e di bell'aspetto. Erano molto forti e più alti degli altri uomini del posto. Conoscevano tutti i tipi di idrottir.

Accadde una volta che Thora si ammalò e morì per quella malattia. Per Ragnar ciò fu così grave che non volle più governare il suo regno, e diede ad altri uomini il dominio delle sue terre, da condividere con i suoi figli. E quindi riprese a compiere le stesse azioni di prima; partì per una spedizione di incursione e ovunque fosse andato, avrebbe ottenuto la vittoria.

V

Fu durante l'estate che fece dirigere le sue navi in Norvegia, poiché lì aveva molti parenti e amici che voleva visitare. Arrivò sulle sue navi alla sera in un piccolo porto; c'era una fattoria poco distante, che si chiamava Spangarheið, e dormirono al porto quella notte. E quando venne il mattino, i cuochi andarono a terra per cuocere il pane. Videro una fattoria non lontana, e pensarono che sarebbe stato meglio per loro andare in una casa, per fare lì il loro lavoro. E quando arrivarono in questa piccola fattoria, trovarono qualcuno con cui parlare - era una donna, e chiesero se fosse una casalinga e come si chiamasse.

Disse di essere una casalinga "e non vi mancherà il mio nome. Mi chiamo Grima, ma voi chi siete?"

Dissero di essere gli uomini di Ragnar Lothbrok e che volevano svolgere il loro lavoro, "e vogliamo che tu lavori con noi".

La povera donna rispose che le sue mani erano molto indolenzite. "Ma in passato sono stata in grado di fare il mio lavoro molto bene; però ho una figlia, che può lavorare con voi e tornerà presto a casa, si chiama Kraka. Ma ora è successo che non ho molto controllo su di lei".

E Kraka era uscita con gli animali al mattino e aveva visto che molte grandi navi erano arrivate a terra, e poi era andata a lavarsi. Ma la donna le aveva proibito di farlo, perché non voleva che gli uomini vedessero la sua bellezza, dato che era la più bella di tutte le donne, e i suoi capelli erano così lunghi che cadevano a terra, e belli come la più bella seta. E poi Kraka tornò a casa. I cuochi avevano acceso il fuoco e Kraka vide che erano arrivati uomini che non aveva mai visto prima. Lei guardò loro e loro lei.

E poi chiesero a Gríma: "Questa è tua figlia, questa bella fanciulla?"

"Non è una bugia", disse Gríma. "Quella che vedete è mia figlia".

"Voi due dovete essere molto diverse", dissero, "perché tu sei proprio brutta. Non abbiamo mai visto una ragazza così bella, e vediamo che lei non ti somiglia in niente, visto che sei davvero orrenda".

Gríma disse: "Non puoi notarlo in me ora. Il mio aspetto è molto cambiato da come era prima".

Poi concordarono che lei avrebbe lavorato con loro. Lei chiese: "Cosa devo fare?"

Dissero che volevano che lei preparasse il pane e che loro lo avrebbero fatto cuocere. E quindi andò al lavoro, e lavorava bene. Ma tutti continuavano a guardarla costantemente, tanto che non furono attenti al loro lavoro e il pane era bruciato.

E quando ebbero finito il loro lavoro tornarono alle navi. E lì, quando portarono il pasto, tutti dissero che non avevano mai mangiato nulla di così terribile, e che i cuochi meritavano di essere puniti per questo. Allora Ragnar chiese perché avessero fatto così quella cottura. Dissero che avevano visto una donna così bella che non avevano prestato attenzione al loro lavoro, e pensavano che non ci fosse una donna più bella nel mondo intero. E quando ebbero detto tanto della sua bellezza, allora Ragnar parlò e disse che pensava che non poteva esserci nessuna con la bellezza di Thora. Loro dicevano che non era meno bella.

Poi Ragnar disse: "Ora devo mandare degli uomini lì, che sappiano guardare bene. Se è così come avete detto, allora la vostra incuranza sarà perdonata. Ma se la donna è in qualche modo meno bella di quanto avete detto, allora avrete una grande punizione".

E quindi mandò i suoi uomini a trovare questa bella fanciulla, ma il vento contrario era così forte che non poterono andare quel giorno, e Ragnar parlò con i suoi messaggeri: "Se questa giovane fanciulla vi sembra bella come è stato detto, ditele di venire a incontrarmi, perché voglio parlarle; voglio che sia mia. Voglio che lei non sia né vestita né nuda, né sazia né a digiuno, e inoltre non deve essere sola, ma tuttavia nessuno può accompagnarla".

Quindi viaggiarono fino a quando arrivarono alla casa, e guardarono Kraka da vicino, e sembrò loro di aver visto una donna così bella che pensarono di non averne mai vista una così bella. E allora le riferirono le parole del loro signore, Ragnar, e quindi come avrebbe dovuto essere preparata. Kraka ci pensò su, a come il re aveva parlato e come si sarebbe preparata, ma Gríma pensò che non si poteva fare, e disse che pensava che un tale re non fosse saggio.

Kraka disse: "Deve aver parlato così perché si può fare se abbiamo l'abilità di scoprire cosa stava pensando. Tuttavia, so che non posso venire con voi oggi, ma verrò presto domattina alla vostra nave".

Poi se ne andarono e dissero a Ragnar cosa era successo e che sarebbe venuta all'incontro. E lei stette a casa quella notte.

E al mattino presto, Kraka disse all'uomo che sarebbe andata a incontrare Ragnar. "Ma voglio cambiare il mio vestito in qualche modo: hai una rete per i pesci, e voglio avvolgerla intorno a me, e lascerò cadere i miei capelli su di essa, e così non sarò nuda in nessun posto. E assaggerò un porro, cioè poco cibo, ma si saprà che ho mangiato. E mi farò accompagnare dal tuo cane, quindi non andrò tutta sola, anche se nessun uomo mi accompagnerà".

E quando la donna sentì il suo piano, pensò che avesse una grande astuzia. E quando Kraka si fu preparata, se ne andò per la sua strada, finché non arrivò alla nave, ed era bella a vedersi, poiché i suoi capelli erano luminosi e sembravano d'oro. E quindi Ragnar la chiamò e chiese chi era e chi volesse trovare. Lei rispose e pronunciò questo verso:

Non ho osato violare la tua offerta,
quando mi hai detto di venire
al tuo incontro, Ragnar,
né ho disatteso l'ordine del re.
Nessun uomo è con me,
la mia pelle non si vede,
Valido è il mio seguito,
eppur vengo tutta sola.

Quindi mandò degli uomini a incontrarla e la fece accompagnare alla sua nave. Ma lei disse che non voleva andare, a meno che non fosse fatta una promessa di pace a lei e al suo accompagnatore. Poi fu condotta sulla nave del re, e quando arrivò al ponte di prua lui si allungò verso di lei e il cane lo morse alla mano. I suoi uomini saltarono in avanti e colpirono il cane e gli legarono una corda intorno al collo e morì per quello - non meglio di così potevano quegli uomini attenersi alla promessa di pace per lei!

Poi Ragnar la mise sul ponte vicino a sé, e parlò con lei, e lei gli rispose bene e fu contento e felice con lei. Pronunciò questo verso:

Se la preziosa dama è gentile
con la guardia della terra dei padri[1],

---

[1] *Vörðr föður jarða*, "guardia della terra dei padre" kenning per "re".

22

lei potrebbe portarmi
a stare tra le sue braccia.

Disse lei:

Se onorerai il nostro patto,
re, mi lascerai andare
da qui, senza macchia, a casa mia,
anche se il timoniere[1] se ne duole.

VI

Allora lui le disse che gli piaceva molto e che per certo voleva che lei venisse via con lui. Ma lei disse che non poteva essere così. Poi disse che voleva che restasse lì sulla nave durante la notte.

Lei disse che non sarebbe successo prima che fosse tornato a casa dal viaggio come aveva programmato, - "e può darsi che la faccenda ti sembrerà diversa".

Poi Ragnar chiamò il suo tesoriere e gli disse di prendere quella maglia che era stata di Thora ed era tutta ricamata d'oro, e portargliela. Quindi Ragnar la offrì a Kraka in questo modo:

Accetterai questa maglia
Che Thora Hjört aveva?
Adornata d'argento, questa veste
ti sta molto bene.
Le sue bianche mani hanno lavorato
questo indumento; lei fu cara
al re degli eroi[2]
fino alla sua morte.

Kraka disse in risposta:

Non oso accettare la maglia
Che Thora Hjört aveva,
Adornata d'argento; un panno miserabile
è più adatto a me.

---

[1] Il timoniere è Ragnar in quanto capo della spedizione.
[2] Si riferisce a sé stesso.

Mi chiamo Kraka,
poiché in vestiti neri come carbone
Ho guidato le capre
lungo i sentieri pietrosi vicino alle onde.

"E certamente non prenderò questa maglia", disse. "Non starò in bei vestiti mentre vivo con il contadino. Può darsi che tu mi vedresti più bella se fossi adornata meglio, ma ora tornerò a casa. E poi potrai mandare degli uomini a seguirmi, se la questione è la stessa nella tua mente e vuoi che io venga con te".

Ragnar disse che non avrebbe cambiato idea, e lei andò a casa. E andarono, come avevano detto, non appena ebbero vento, e si mise in viaggio per la sua missione nel modo che aveva inteso. E quando tornò entrò nello stesso porto di quando Kraka era venuta da lui. E quella stessa sera mandò degli uomini a cercarla e a riferirle le parole di Ragnar - che stavolta avrebbe dovuto prepararsi a partire. Ma lei disse che non poteva andarsene prima del mattino. Kraka si alzò presto e andò al letto dei contadini e chiese se fossero svegli. Dissero che erano svegli e chiesero cosa volesse.

Disse che desiderava andarsene e non stare più lì. "E so che avete ucciso Heimir, mio padre adottivo, e io non ho nessuno da ricambiare con più male che voi. Ma sono stata con voi per molto tempo, e per questo non lascerò che vi sia fatto del male; ma ora dichiarerò che per voi ogni giorno sarà peggiore di quello che è venuto prima, ma l'ultimo sarà il peggiore di tutti - e ora me ne andrò".

Poi andò e si diresse verso la nave, e lì fu ben accolta. Il tempo era buono.

Poi nella stessa sera, quando gli uomini ebbero preparato i loro letti, Ragnar disse di volere che Kraka dormisse con lui.

Disse che non poteva essere così, "e voglio che tu dia un banchetto nuziale per me, quando verrai al tuo regno; perché questo sembra più adatto per il mio onore e per te e i nostri figli, se ne avremo".

Lui accolse la sua richiesta e viaggiarono bene. Ragnar poi tornò a casa nella sua terra, e una gloriosa festa fu preparata per il suo ritorno; allora vi fu un bere gioioso sia per il suo ritorno che per il suo matrimonio. E la prima sera, quando arrivarono a letto, Ragnar desiderava consumare il loro matrimonio, ma lei chiese di evitarlo, perché disse che qualcosa di male sarebbe poi nato da lì se il suo consiglio fosse stato ignorato. Ragnar disse che non poteva essere vero, e disse i contadini non erano profetici. Chiese per quanto tempo avrebbe dovuto essere così. Quindi lei disse:

Tre notti così passeranno,
separati la sera, anche se
insieme in una sala,
prima del nostro sacrificio agli dei santi;
così questo rifiuto
preverrà un danno duraturo a mio figlio –
colui che hai fretta di generare
non avrà ossa.

E sebbene lei avesse detto ciò, Ragnar non le diede retta e fece di testa sua.

VII

Passò qualche tempo, e il loro matrimonio fu bello e pieno d'amore. Poi Kraka seppe di essere incinta, e andò avanti fino a dare alla luce un bambino, e il bambino fu cosparso d'acqua e chiamato Ivar. Il bambino era senza ossa e vi era cartilagine dove avrebbero dovuto esserci le ossa ma, quando divenne un ragazzo, fu così forte che nessuno poteva competergli. Di tutti gli uomini era il più bello in apparenza e così saggio che nessuno sapeva chi fosse un consigliere più saggio di lui. Accadde che furono concessi loro più bambini. Chiamarono Björn un altro figlio, il terzo Hvitsark, il quarto Rögnvald. Erano tutti grandi uomini, molto valorosi, e non appena furono in grado di impararli, divennero esperti in tutti gli idrottir. E dovunque andassero, Ivar veniva trasportato su delle assi, perché non poteva camminare, e aveva un consiglio per loro in qualunque cosa facessero.

Eirek e Agnar, i figli di Ragnar, erano anch'essi uomini così grandi che non si potevano trovare loro simili, e ogni estate andavano sulle loro navi da guerra ed erano famosi per i loro saccheggi.

E un giorno accadde che Ivar chiese ai suoi fratelli, Hvitsark e Björn, quanto tempo sarebbe passato mentre loro restavano seduti a casa piuttosto che aumentare la loro fama. E dissero che avrebbero agito in base al suo consiglio in questo come in altre cose. Ivar disse: "Ora voglio che chiediamo di avere delle navi preparate per noi, e truppe sufficienti da comandare, e poi voglio che otteniamo oro e gloria per noi stessi, se sarà possibile".

E quando ebbero discusso quel piano tra di loro, dissero a Ragnar che volevano che procurasse navi e truppe veterane esperte nella conquista del tesoro, e ben preparate per qualsiasi cosa. Ed egli diede loro ciò che avevano chiesto. E quindi, quando le loro truppe furono pronte, partirono da quella terra. E ovunque avessero combattuto con degli uomini, avrebbero avuto la meglio su di loro e ottenuto molte truppe e molti tesori. E quindi Ivar disse che voleva continuare fino a quando non avessero incontrato una forza più potente, così avrebbero potuto mettere alla prova la loro abilità. E quindi chiesero dove sapeva di trovare una forza del genere.

E lui nominò un luogo, che si chiamava Hvitabær[1], dove si tenevano sacrifici pagani - "e in molti hanno cercato di conquistarlo, ma non sono stati vittoriosi" e anche Ragnar era stato lì, ma aveva dovuto ritirarsi senza aver raggiunto il suo obiettivo.

"Così grandi sono le loro forze", domandarono, "e così resistenti, o ci sono altre difficoltà?"

Ivar disse che le numerose truppe erano grandi e il luogo del sacrificio era potente, quindi nessuno di coloro che erano andati contro di esso era stato vittorioso. E allora dissero che doveva consigliare se avessero dovuto organizzare un viaggio lì o meno. E lui disse che desiderava molto scoprire ciò che potesse essere più grande: la loro forza, o i poteri magici di quella gente.

VIII

Diressero la rotta verso quel luogo, e quando arrivarono in quella terra si prepararono a sbarcare. E ritennero necessario che alcune truppe facessero la guardia alle navi. E Rögnvald, il loro fratello, era così giovane che pensavano fosse impreparato per un grave pericolo come quello sarebbe stato probabile rivelarsi, e lo fecero restare a guardia delle navi con alcune truppe. E dopo essere usciti dalle navi, Ivar disse che la guarnigione aveva due bestie, due giovani castroni, e gli uomini si voltavano e fuggivano davanti a loro, poiché non potevano sopportare il loro nitrito e le loro sembianze di troll[2].

---

[1] È un nome ricorrente nelle saghe islandesi, potrebbe esserci un collegamento con *Vitängen* ["il prato bianco"] citato sulla pietra di Rök. La sua localizzazione è comunque incerta.
[2] Qualsiasi creatura che avesse un aspetto o un'abilità prodigiosamente fuori dal normale (fuori dal naturale) risponde al nome di *troll*.

Allora Ivar disse: "Restate saldi come meglio potete, anche se provate paura, perché nulla vi farà male".

Quindi partirono con le loro truppe. E quando si avvicinarono alla fortezza, accadde che quelli che vivevano in quel luogo si accorsero di loro, e sciolsero il bestiame in cui avevano grande fede. E quando i castroni furono liberati, saltarono in avanti ferocemente e nitrirono terribilmente. Quindi Ivar li vide dallo scudo sul quale era portato, e disse ai suoi uomini di portare il suo arco, e ciò fu fatto. Poi tirò sui malvagi castrati, in modo che morirono entrambi, e la battaglia che gli uomini avevano più temuto era finita.

Allora Rögnvald cominciò a parlare alle navi, e disse alle truppe che erano fortunati quegli uomini che si sarebbero divertiti come i suoi fratelli. "E non c'è altra ragione per cui io deva rimanere indietro, tranne che loro desiderano avere tutta la gloria. Ma ora andremo tutti a riva".

E quindi lo fecero. E quando si imbatterono nelle truppe, Rögnvald andò fiero nella mischia, e così cadde. E i fratelli vennero nella fortezza, e ripresero la mischia. Accadde allora che gli uomini della fortezza iniziarono a combattere, e i fratelli inseguirono la schiera in fuga.

E quando in seguito tornarono alla fortezza, Björn pronunciò questo verso:

Ci siamo abbattuti con un urlo
su Gnifafird, con le nostre spade
che mordevano più feroci delle loro,
Posso davvero dirlo.
Chiunque voglia divenir
uccisore d'uomini a Hvitabær;
neanche sul giovane
risparmi la sua spada!

Poi, quando tornarono al forte, presero tutto il tesoro e bruciarono le case nella fortezza e abbatterono tutti i bastioni. E quindi le loro navi salparono da lì.

IX

C'era un re di nome Eystein, che governava sulla Svezia. Era sposato e aveva una figlia. Si chiamava Ingebjörg. Era la più graziosa di tutte le donne e bella da ammirare. Il re Eystein era potente e aveva molti seguaci. Era irascibile, sebbene saggio. Si era insediato a Uppsala. Era un grande sostenitore dei sacrifici, e vi erano così tanti sacrifici a Uppsala in quel tempo che da nessuna parte nelle Terre del Nord ve ne erano di più. Avevano una grande fede in una mucca e la chiamavano Sibilja. Le era stato sacrificato così tanto che gli uomini non potevano sopportare il suo muggito. Il re era solito, quando ci si aspettava un esercito travolgente, mandare questa mucca davanti alla schiera; essa era pervasa da un tale potere diabolico che non appena la sentivano tutti i suoi nemici impazzivano fino a combattere tra loro e non si curavano della propria sicurezza. Per questo motivo la Svezia non era mai oggetto di aggressioni, perché gli uomini non osavano opporsi a tale potere.

Re Eystein era in amicizia con molti uomini e capi tribù, e si dice che in quel tempo vi fosse grande amicizia tra i re Eystein e Ragnar, e questa era la loro abitudine - che ogni estate si alternavano a preparare l'uno una festa per l'altro.

Vi fu un'occasione in cui Ragnar sarebbe dovuto andare a una festa di Re Eystein. E quando arrivò a Uppsala vi fu un buon benvenuto per lui e i suoi uomini. E quando bevvero insieme la prima sera, il re fece riempire a sua figlia i calici per sé e Ragnar. E gli uomini di Ragnar dissero tra loro che di sicuro lui avrebbe chiesto la figlia di Re Eystein, se solo non fosse già stato sposato con la figlia del contadino. E quindi successe che uno dei suoi uomini portò questo alla sua attenzione; e così alla fine accadde che la principessa fu promessa al re, ma sarebbe rimasta a lungo sua promessa sposa.

E poi, quando la loro festa fu finita, Ragnar viaggiò verso casa, e andò bene per lui - ma nulla è detto del suo viaggio se non quando giunse a breve distanza dalla sua fortezza, e il suo percorso si estendeva attraverso un bosco. Arrivarono a una radura nella foresta. Quindi Ragnar fermò le sue truppe e chiese il loro silenzio e disse a tutti i suoi uomini, che erano stati con lui nel suo viaggio in Svezia, che non avrebbero dovuto dire nulla della sua intenzione di avviare un matrimonio con la figlia di Re Eystein.

Poi impose una punizione così severa riguardo ciò, che chiunque ne avesse parlato avrebbe ricevuto niente meno che la morte. E quando ebbe detto ciò che desiderava, si recò a casa in città. E allora accadde che gli uomini si rallegrarono al suo ritorno, e vi furono bevande e un banchetto gioioso in suo onore.

Poi giunse al trono. Non vi sedeva da molto tempo quando Kraka entrò nella sala davanti a Ragnar e si sedette sulle sue ginocchia, gli mise le braccia al collo e chiese: "Che notizie porti?"

Ma egli disse di non sapere cosa dirle. E quando arrivò la sera, gli uomini cominciarono a bere, e in seguito andarono a dormire. E quando Ragnar e Kraka entrarono nello stesso letto, lei gli chiese notizie ancora una volta, e lui disse che non sapeva niente. Quindi lei desiderò conversare di più, ma lui disse di essere molto assonnato e stanco dal viaggio.

"Ora posso dirtele io", disse, "se tu non vuoi dirmele".

Egli chiese di cosa potesse trattarsi.

"Le chiamo notizie", disse, "se una donna è promessa a un re, anche se alcuni uomini dicono che ne ha già un'altra".

"Chi ti ha detto questo?" chiese Ragnar.

"I tuoi uomini manterranno le loro vite e le loro membra, dal momento che non è stato nessuno di loro a dirmelo", disse lei. "Ti ricordi di come tre uccelli si sono seduti su un albero vicino a te. Loro mi hanno detto queste notizie. Ti chiedo questo - che tu non ti fissi su questa linea d'azione che intendi. Ora ti dirò che sono figlia di un re e non di un contadino, e mio padre era un uomo talmente grande che nessuno si è mai dimostrato alla sua altezza, e mia madre era la più bella e la più saggia di tutte le donne. Il suo nome sarà tenuto in alto finché il mondo vivrà".

Allora le chiese chi fosse suo padre, se non era la figlia del contadino che viveva a Spangarheið. Disse che era la figlia di Sigurd Flagello di Fafnir e Brunilde Figlia di Budli.

"Mi sembra molto improbabile che la loro figlia si chiami Kraka e che possa finire nella povertà di Spangarheið".

Lei rispose così: "Questa è la storia", poi parlò e portò alla luce la storia di Sigurd e Brunilde che si incontravano sulla montagna e di come era stata concepita. "E quando Brunilde ebbe il bambino, mi fu dato un nome e fui chiamata Aslaug". E poi parlò di tutto ciò che era successo fino a quando incontrò il contadino.

Allora Ragnar rispose: "Sono sorpreso da queste storie folli di Aslaug di cui parli".

Lei rispose: "Sai che sono incinta. Sarà un figlio maschio, e questo marchio sarà sul ragazzo: che sembrerà che un serpente dimori nei suoi occhi. E se ciò accade, chiedo questo - che non vai in Svezia per avere in sposa la figlia di Re Eystein. Ma se questo non si verifica, vai, se lo vuoi. Ma voglio che il ragazzo sia chiamato come mio padre se nei suoi occhi c'è quel marchio di gloria, come penso che sarà".

Poi arrivò il momento in cui si rese conto di essere in travaglio, ed ebbe un bambino. Quindi le servitrici lo presero e lo cosparsero con acqua. Quindi lei disse che dovevano portarlo da Ragnar e farglielo vedere. E questo fu fatto, e così il giovane fu portato nella sala e deposto sul lembo del mantello di Ragnar. E quando questi vide il bambino, gli fu chiesto come si sarebbe dovuto chiamare. Pronunciò un verso:

Sigurd si chiamerà il ragazzo -
così che andrà in battaglia
similmente al padre di sua madre,
cui deve il suo nome.
Così sarà chiamato il più grande
della stirpe di Odino,
colui dall'occhio di serpente,
che la morte a molti porterà!

Poi tolse un anello dalla sua mano e lo diede al ragazzo come nafnfestr[1]. Ma mentre allungava la mano con l'oro, esso toccò la parte posteriore del ragazzo, e Ragnar ritenne che ciò significasse che avrebbe odiato l'oro. E quindi enunciò un verso:

Sarà gradito agli eroi,
il caro figlio della figlia di Brunilde,
che ha luccicanti pietre del ciglio[2]
e un cuore più fedele.

---

[1] Il *nafnfestr* era un'usanza norrena di epoca antica che aveva come obbiettivo il trasmettere le qualità e la buona fortuna di un grande antenato il cui nome veniva dato a un nuovo nato della stessa famiglia, destinatario del dono di un particolare oggetto.
[2] Kenning per "occhi luminosi".

Così il messaggero della spada
si comporta meglio di tutti i guerrieri;
Discendente di Buðli, che sempre
disdegna gli anelli d'oro.

E di nuovo parlò:

Non ho mai visto
briglie[1] in pietre di ciglio
dei pendii della barba in fronte[2],
salvo solo in Sigurd.
Questo vigoroso cacciatore di bestie
ha avuto anelli di bosco tetro[3]
nel campo delle sue palpebre-
così per questo segno è conosciuto.

Poi Ragnar disse che avrebbero dovuto portare il ragazzo alla pergola. E quella fu anche la fine dei suoi viaggi in Svezia. E allora la linea familiare di Aslaug fu nota, e tutti seppero che era la figlia di Sigurd Flagello di Fafnir e Brunilde Figlia di Budli.

X

Quando passò il tempo in cui era stato deciso che Ragnar sarebbe dovuto andare al matrimonio di Uppsala e lui non era venuto, a Re Eystein sembrò che ciò portasse disonore a sé stesso e alla figlia; e quindi, l'amicizia tra i re era finita. E quando Eirek e Agnar, i figli di Ragnar, se ne accorsero, allora tramarono per andare con quante più truppe potessero radunare, così da poter attaccare la Svezia. E quindi radunarono molte truppe e prepararono le loro navi, e ritenevano molto importante che tutto andasse bene quando le navi partirono. Poi accadde che la nave di Agnar fece saltare via i rulli di lancio, e sulla

---

[1] Kenning per indicare i serpenti negli occhi del piccolo Sigurd, come "briglie".
[2] "Pendii della barba in fronte". "Pendii della barba" è un kenning per le guance e "le guance della fronte" significa "orbite oculari".
[3] La parola *myrkviðr* è composta da *myrk* "oscuro", e *viðr* "bosco, foresta". Nella mitologia germanica, *Myrkviðr* è il nome di diverse foreste europee. Mirkvid si trova per esempio nel *Lokasenna* (Edda), in cui segna il confine di Muspell, il regno del fuoco. Essendo un vero e proprio topos letterario che indica un luogo tetro e ostile, popolato da creature soprannaturali come, in questo caso specifico, il drago-serpente. Gli "anelli di bosco tetro" sono quindi da intendere come "serpenti" o "draghi".

traiettoria si trovava un uomo, che così ricevette la morte: e chiamarono questo "l'arrossamento dei rulli". Questo non sembrava essere un buon inizio, ma non avrebbero lasciato che ostacolasse il loro viaggio.

E una volta che le loro truppe furono preparate, viaggiarono con queste per la Svezia, e lì, quando giunsero rapidamente al regno di Re Eystein, lo attraversarono con scudi di guerra. Ma gli uomini di quella terra si accorsero di loro e andarono a Uppsala, e dissero a Re Eystein che erano sbarcati. E il re mandò un messaggio tramite frecce in tutto il suo regno e così radunò un portentoso numero di uomini. E quindi viaggiò con loro fino a quando non arrivò a una foresta, e lì allestirono il loro accampamento. Aveva con sé anche la mucca Sibilja, e molti erano stati i sacrifici per lei prima di partire.

E quando furono nella foresta, Re Eystein parlò: "Ho notizie", disse, "che i figli di Ragnar sono sul campo accanto a questa foresta, e mi è stato detto in verità che non arrivano a un terzo delle nostre truppe. Ora organizzeremo il nostro esercito per la battaglia, e un terzo delle nostre truppe andrà a incontrarli per primo, e loro sono così impavidi che penseranno di averci in pugno. Subito dopo, andremo con tutte le nostre forze contro di loro, e la mucca sarà davanti alle nostre truppe, e credo proprio che non reggeranno al suo muggito".

E ciò fu fatto. E non appena i fratelli videro le truppe di Re Eystein, pensarono che i loro nemici non avessero una forza più grande della loro, e non si resero conto che potevano esservi più truppe.

E subito dopo tutte le truppe vennero dalla foresta e la mucca fu liberata, e balzò di fronte alle truppe avanzando ferocemente. E così si levò un tale frastuono che i guerrieri che lo udirono combatterono tra loro, tranne i due fratelli, che tenevano duro. Ma quel giorno quella malvagia creatura colpì molti uomini con le sue corna. E i figli di Ragnar, sebbene fossero forti anche da soli, pensavano di non poter contrastare la grande schiera unita alla magia sacrificale pagana. Tuttavia la affrontarono senza battere ciglio e si difesero bene, coraggiosamente e con grande onore.

Loro, Eirek e Agnar, erano in prima linea quel giorno, e spesso andavano contro l'esercito del re Eystein. Ma poi Agnar cadde. Eirek lo vide e quindi si atteggiò più audacemente e non gli importava se ne fosse venuto fuori o meno. Poi fu sopraffatto dalla grande forza e fatto prigioniero.

E allora Eystein dichiarò che la battaglia sarebbe dovuta finire e offrì la pace a Eirek. "E ti farò questa offerta", disse, "ti darò mia figlia".

Eirek rispose, e pronunciò questo verso:

Non voglio alcuna offerta per mio fratello,
Né con anelli comprerò la fanciulla
da Eystein, che pronunciò le parole
della morte di Agnar.
Non piangerà mia madre;
Fatemi innalzare
Trafitto da una foresta di lance -
Infine, è la morte che scelgo.

Poi disse che voleva che gli uomini che li avevano seguiti andassero in pace dove volevano. "E vorrei che il maggior numero possibile di lance siano prese, quindi piantate nel terreno, e mi auguro di essere sollevato su di esse - lì voglio lasciare la vita".

Allora Re Eystein disse che così sarebbe stato fatto, come chiedeva, anche se aveva scelto ciò che era peggio per entrambi. Quindi furono montate le lance ed Eirek pronunciò un verso:

Penso che nessun figlio di re
morirà mai su un letto così caro:
un pasto quotidiano ai corvi,
come so che è mio destino.
Le livide mosche di sangue[1]
mangeranno i corpi dei fratelli
e presto strilleranno su di noi,
anche se questa è una brutta ricompensa.

E poi si diresse dove erano posate le lance e prese un anello dalla sua mano e lo lanciò a quelli che lo avevano seguito e che avevano ricevuto la pace, e raccomandandolo ad Aslaug pronunciò un verso:

Portate le mie ultime parole,
voi truppe dirette a est,
quella snella fanciulla, Aslaug
dovrà avere i miei anelli.

---

[1] Kenning per indicare i corvi.

Quindi alla più grande delle madri,
la mia dolce matrigna, potrete
parlare di me, suo figlio,
e della mia gloriosa morte di lance.

E quindi fu sollevato sulle lance. Poi vide dove volava il corvo, e di nuovo parlò:

Il gabbiano del mare[1] si rallegra sopra la testa
del mio cadavere ora ferito;
il falco da ferite[2] brama
i miei occhi non vedenti.
Penso che se il corvo
colpirà i miei occhi,
il falco da ferite mal ricompensa le tante volte
in cui Ekkil[3] gli ha dato nutrimento.

Poi rinunciò alla sua vita con grande valore. E i suoi messaggeri tornarono a casa e non si fermarono finché non arrivarono dove Ragnar aveva la residenza. E i figli di Ragnar non erano tornati a casa dalle incursioni. Stettero lì tre notti prima di andare a incontrare Aslaug.

E quando vennero dinanzi ad Alslaug sul suo trono, la salutarono degnamente; lei ricevette il loro saluto. Aveva un fazzoletto di lino sul ginocchio, e i capelli sciolti, e intendeva pettinarli. Poi chiese chi fossero, dal momento che non li aveva mai visti prima. Colui che aveva parlato a loro nome disse che erano stati tra le truppe di Eirek e Agnar, i figli di Ragnar. Quindi lei pronunciò un verso:

Cosa da voi ci è detto,
amici del re, quali notizie?
Gli Svedesi sono ancora nella loro terra,
o sono stati cacciati?
Ho sentito che i
Danesi partirono da sud;
i capi avevano dei rulli insanguinati.
Ma da allora, non so nulla.

---

[1] Il corvo nel linguaggio poetico
[2] Un'altra kenning che identifica il corvo.
[3] Ekkil è il nome di un famoso "re del mare", qui utilizzato come eponimo di Eirek.

Egli rispose con un verso:

Occorre, donna,
che ti diciamo
della morte dei figli di Thora;
crudeli sono le sorti del tuo uomo!
Non conosco racconti pesanti come questo;
ora siam giunti
dall'avere la notizia: vola l'aquila
sopra il cadavere dell'uomo morto.

Poi chiese come fosse successo. E lui ripetè il verso che Eirek aveva pronunciato quando le aveva mandato l'anello. Dicono che lasciò cadere una lacrima, e aveva l'aspetto del sangue, ma era dura come un chicco di grandine. Nessuno l'aveva mai visto - che avesse mai lasciato cadere una lacrima – né prima né dopo.

Poi disse che non avrebbe potuto perseguire la vendetta prima che fossero tornati a casa: cioè, Ragnar o i suoi figli. "E tu resterai qui fino ad allora; non mi tratterrò dall'incitare alla vendetta come se fossero stati i miei figli".

Quindi restarono lì. E così accadde che Ivar e i fratelli tornarono a casa prima di Ragnar, e non erano a casa da molto prima che Aslaug andasse a cercare i suoi figli. Sigurd aveva allora tre anni. Andò con sua madre. E quando entrò nella sala, dove i fratelli stavano discutendo, la ricevettero bene. Ognuno chiese notizie all'altro, e parlarono prima della caduta di Rögnvald, suo figlio, e delle circostanze, e di come era successo. Ma non le sembrò grave, e disse:

I miei figli mi lasciano sola
a contemplare i gabbiani del mare;
voi non viaggiate
di casa in casa, a elemosinare.
Rögnvald ha impugnato lo scudo
rosso del sangue degli uomini;
il più giovane di tutti i miei figli
è andato a Odino.

"E non vedo", disse, "come sarebbe potuto vivere per un onore più grande".

Poi le chiesero che notizie avesse. Lei rispose: "La caduta di Eirek e Agnar, i vostri fratelli, i miei figliastri. Penso che tra tutti gli uomini, loro hanno avuto il coraggio più grande. E non sarà strano se voi non subirete un simile affronto, ma cercherete grande vendetta. Vi sarò di grande aiuto in tutto questo, così che questa azione sia vendicata in modo non comune".

Allora Ivar disse: "Questa è la verità, non andrò mai in Svezia con impazienza di combattere contro Re Eystein e la magia sacrificale pagana che c'è". Lei fece grande pressione su di lui, ma Ivar parlò per tutti loro, e si rifiutò apertamente di compiere il viaggio. Allora lei pronunciò questo verso:

Voi non rimarreste
invendicati dai vostri fratelli
una stagione dopo
se foste morti per primi;
preferirei
che Eirek e Agnar
vivessero al posto vostro
anche se non sono figli nati da me.

"Non credo", disse Ivar, "che la faccenda sarà diversa, anche se pronunci un verso dopo l'altro. Tuttavia, sai chiaramente quali roccaforti ci sono dinanzi a noi?"

"Non lo so per certo", disse. "Tuttavia, cosa puoi dire delle difficoltà che potrebbero esserci?"

Ivar disse che vi era una grande magia sacrificale pagana, e disse che nessun uomo aveva mai sentito parlare di niente del genere. "E il re è al tempo stesso potente e malvagio".

"In cosa ha più fede quando compie i sacrifici?"

Egli disse: "È un grande bove, e si chiama Sibilja. È così potente che, non appena gli uomini la sentono muggire, i suoi nemici non saranno in grado di resistere, è quasi come se la battaglia fosse combattuta senza uomini. Sembra piuttosto che debbano affrontare esseri in forma di troll prima di incontrare il re, e io non rischierò né la mia vita né le mie truppe lì".

Lei disse: "Si potrebbe pensare che tu non possa né essere un grande uomo né sforzarti di esserlo".

E quando le sembrò che le cose andassero oltre ogni speranza, decise di andarsene, pensò che non apprezzavano le sue parole.

Allora Sigurd Occhio di Serpe parlò: "Ti dirò, madre", disse, "come la penso, anche se non posso influenzare le loro risposte".

"Voglio sentirlo", disse. Poi lui pronunciò un verso:

Se ti affliggi, madre,
la famiglia sarà
pronta in tre notti;
lunga è la strada che abbiamo.
Re Eystein non regnerà
su Uppsala
neanche se ci offrisse un tesoro,
se tu ci aiuti e ci sproni.

E quando ebbe pronunciato quel verso, i fratelli ripensarono i loro piani in un certo modo.

E poi Aslaug disse: "Ora dichiari giustamente, figlio mio, che farai la mia volontà. Eppure non riesco a vedere come potremmo fare in modo che ciò accada se non abbiamo l'assistenza dei tuoi fratelli. Può accadere come mi sembra meglio - che questa tua vendetta sarà fatta - e mi sembra che tu proceda nel giusto, figlio mio".

E quindi Björn pronunciò un verso:

Anche se poco è detto in parole,
un uomo può rigirare
vendetta nel suo cuore,
nel suo petto da falco veloce.
Non abbiamo un drago
né una serpe luccicante nei nostri occhi,
ma i miei fratelli mi hanno rallegrato:
Ricorderò i tuoi figliastri.

E poi Hvitsark pronunciò un verso:

Lascia che la rovina di Agnar

ora gioisca un poco;
ma dobbiamo pensare prima
di dire che possa esserci vendetta.
Dobbiamo spingere una nave sulle onde,
Spezzare il ghiaccio davanti alla poppa;
Dobbiamo vedere quali
navi potranno essere preparate in fretta.

E Hvitsark parlò di questo, che il ghiaccio doveva essere rotto, perché il gelo era grande e le loro navi erano nel ghiaccio. E allora Ivar cominciò a parlare e disse che era arrivato al punto in cui doveva prenderne parte, e quindi pronunciò un verso:

Hai onore e
coraggio in questa vendetta,
ma potresti non avere
un seguito forte e ostinato.
Mi sosterrai
dinanzi agli eroi;
Prenderò il sentiero della vendetta,
sebbene non possa usare le mie mani senz'ossa.

"E ora", disse Ivar, "dobbiamo escogitare i migliori piani che potremmo fare per l'adunanza di navi e guerrieri, poiché non dobbiamo risparmiarci in questo se vogliamo conquistare".

Poi Aslaug se ne andò.

XI

Sigurd aveva un padre adottivo[1], e questi radunò per suo figlio adottivo sia navi che truppe ben preparate. E ciò avvenne così rapidamente che le truppe che Sigurd avrebbe dovuto radunare furono preparate dopo tre notti; aveva altre cinque navi, tutte ben equipaggiate. E quindi, trascorse cinque notti, Hvitsark e Björn avevano preparato quattordici navi. Quando furono trascorse sette notti da quando avevano concepito e dichiarato il loro viaggio, Ivar aveva dieci navi e

---

[1] Quella di far crescere i bambini da altri uomini, spesso di rango inferiore ma rinomati e ben visti per le loro capacità – specie in guerra, fu un'usanza di tutte le famiglie nobili per lungo tempo. Essa assolveva alla necessità di formare alleanze e legami di parentela e clanici.

Aslaug altre dieci. Poi parlarono tutti insieme e si dissero l'un l'altro quante truppe erano radunate. E quindi Ivar disse che aveva inviato truppe a cavallo via terra.

Aslaug disse: "Se avessi saputo per certo che le truppe che andavano per terra sarebbero state utili, avrei potuto inviare anch'io delle truppe".

"Non ritarderemo per quello", disse Ivar. "Ora andremo con quelle truppe che abbiamo radunato insieme".

Allora Aslaug disse che sarebbe andata con loro, "perché so meglio quali dolori devono essere causati per una vendetta per i fratelli".

"Questo è certo", disse Ivar, "che non verrai nelle nostre navi. Se lo desideri, puoi comandare le truppe che vanno via terra".

Lei disse che così sarebbe stato. Quindi il suo nome fu cambiato e si chiamò Randalín[1]. Poi le truppe se ne andarono, ma prima che lo facessero, Ivar disse loro dove avrebbero dovuto incontrarsi.

Quindi entrambe le parti viaggiarono bene e si incontrarono come avevano deciso. E quando furono così giunti in Svezia e al regno di Re Eystein, attraversarono il paese con scudi di guerra. Così bruciarono tutto ciò che era davanti a loro, uccidevano il figlio di ogni uomo e inoltre uccidevano tutti quelli che vivevano.

XII

E quindi accadde che gli uomini fuggirono e trovarono il re Eystein e gli dissero che al suo regno era arrivato un esercito potente e quindi difficile da affrontare, e che non avrebbe lasciato nessuno illeso. Avevano saccheggiato tutto ciò che avevano trovato, in modo che nessuna casa fosse ancora in piedi.

Quando il re Eystein udì queste notizie, pensò di sapere chi fossero questi vichinghi. E quindi chiamò un'adunanza inviando frecce in tutto il suo regno, e convocò tutti quelli che erano i suoi uomini e che desideravano dargli truppe e potevano portare scudi. "Avremo con noi la nostra mucca Sibilja, che è un dio, e la lasceremo balzare davanti alle truppe. Credo che andrà come sempre, che non

---

[1] Una teoria cerca di collegare il suo nome a *rond* "scudo" e *hlín* che in Antico Norreno vuol dire sia "protezione" che un termine poetico per "donna".

saranno in grado di resistere al suo muggito. Incoraggerò tutte le mie truppe a fare del loro meglio e quindi a respingere questa forza grande e malvagia".

E così fu fatto, Sibilja fu liberata. E quindi Ivar vide la sua carica e udì l'orribile muggito che proveniva da lei. Pensò che tutte le truppe dovessero fare un gran rumore, sia con le armi che con il grido di guerra, in modo che sentissero a malapena il suono di quella creatura malvagia quando caricava contro di loro.

Ivar parlò con i suoi portatori, dicendo loro che avrebbero dovuto portarlo avanti in modo che potesse essere più vicino alla prima linea. "E quando vedete il bove venire contro di noi, gettatemi contro di lei, e andrà in un modo o nell'altro - che perderò la mia vita, o lei avrà la sua rovina. Ora dovete prendere un possente albero di olmo e scolpirlo a forma di arco, insieme a delle frecce".

E quando questo possente arco fu portato a lui insieme con le grandi frecce che avevano fabbricato, sembrò loro che nessuno potesse mai utilizzarle come armi. Poi Ivar incoraggiò i suoi uomini a fare del loro meglio. Quindi le truppe si mossero con grande impetuosità e rumore, e Ivar fu portato davanti al loro schieramento di battaglia. Quando Sibilja urlò, sorse un tale gran frastuono che udirono bene come se fossero rimasti fermi e in silenzio. Poi accadde che le truppe combatterono tra loro, tutti salvo i fratelli.

E quando ebbe luogo questo prodigio, quelli che portavano Ivar si accorsero che tirava l'arco come se reggesse un debole ramo di olmo, e sembrava aver tirato la punta della freccia dietro l'arco. Poi sentirono dal suo arco un suono più forte di quanto non avessero mai udito. E quindi videro che le sue frecce volavano veloci come se avesse sparato da una potente balestra e videro che le frecce si posavano su ciascuno degli occhi di Sibilja. E allora cadde, ma per questo andò a capofitto, e le sue urla furono molto peggio di prima.

E quando venne da loro, ordinò loro di gettarlo contro di lei, ed egli divenne per loro leggero come se lanciassero un bambino piccolo, perché non erano così vicini alla mucca quando lo lanciarono. E poi cadde pesantemente sulla mucca Sibilja, e divenne quindi pesante come un macigno quando cadde su di lei, e ogni osso in lei si spezzò, e lei ebbe la sua morte. Quindi ordinò ai suoi uomini di riprenderlo in fretta. E allora fu preso e la sua voce risuonava tale che tutti sentissero quando parlava, e a tutto l'esercito sembrò essere vicino a ciascun uomo, sebbene fosse lontano. Divenne perfettamente silenzioso dopo aver dato i suoi ordini. E lui parlò a tal fine - che il conflitto, per il quale erano venuti, fosse presto finito, e così non vi fu alcun danno quando le truppe si erano sfidate brevemente tra loro. Quindi Ivar li incoraggiò a provocare gravi danni a coloro che dovevano combattere. "E ora mi sembra che il più forte di loro sia sparito, dal momento che il bove è morto".

Allora entrambi gli eserciti fecero preparare le loro truppe, e insieme si scontrarono in battaglia, e la battaglia fu così difficile che tutti gli Svedesi dissero di non aver mai avuto una simile prova per la loro virilità. Ed entrambi i fratelli, Hvitsark e Björn, si lanciarono contro di loro così impetuosamente che nessuno schieramento di battaglia si sarebbe potuto opporre a loro. E allora caddero molte delle truppe di Re Eystein, tanto che pochi pochi erano rimasti in piedi, e alcuni decisero di fuggire. E la loro battaglia si concluse così: il re Eystein cadde e i fratelli ottennero la vittoria. E dopo diedero pace a quelli che vivevano dopo la battaglia.

E quindi Ivar disse che non desiderava saccheggiare in quella terra, perché quella terra ora mancava di un capo. "E vorrei che continuassimo fino a quando non troviamo una maggiore opposizione". Ma Randalín tornò a casa con alcune truppe.

XIII

In seguito decisero tra loro di saccheggiare nel Regno del Sud[1]. E Sigurd Occhio di Serpe, il figlio di Randalín, andò con i suoi fratelli ad ogni incursione successiva. In queste incursioni sfidarono ogni città che fosse forte e combattevano in modo che nessuno potesse prevalere contro di loro.

Poi sentirono di una città che era al tempo stesso forte e piena di uomini robusti. E quindi Ivar disse che voleva andare lì. E questo si dice su come era chiamata la città e chi la governava: il capo si chiamava Vífil[2], e sua omonima era una città chiamata Vífilsborg. Quindi viaggiarono con gli scudi di guerra in modo da devastare tutte le città in cui si trovavano, fino a quando giunsero a Vifilsborg. Il capo non era a casa nella sua città, e molte delle sue truppe erano via con lui.

---

[1] Il Regno del Sud è da interpretare come il mondo non-germanico dell'Europa meridionale, comprendente i discendenti di Celti e delle popolazioni esistenti sotto l'Impero Romano. Nella *Saga di Re Heidrek* o *Heravarsaga*, vi sono dei versi in cui questi popoli sono chiamati *Valir*.
[2] Il significato letterale di questo nome "scarafaggio", un appellativo comune per gli schiavi (thrall) liberati.

Quindi sistemarono le loro tende sulle pianure che circondavano la città. Furono pacifici durante il giorno in cui arrivarono in città, e parlarono con gli abitanti. I figli di Ragnar chiesero ai cittadini se preferissero rinunciare alla città, e in cambio tutti avrebbero ricevuto la pace, o piuttosto volessero mettere alla prova le loro forze e la loro durezza, e allora i loro uomini non avrebbero ricevuto alcuna tregua.

Ma loro risposero prontamente dicendo che la città non sarebbe mai stata vinta. "E prima che ciò accada, dovrete provarci e mostrarci il vostro valore e il vostro zelo".

Quindi passò la notte. E il giorno dopo andarono in guerra contro la città, ma non riuscirono a vincere. Si accamparono intorno alla città per due settimane e si sforzarono ogni giorno con strategie diverse, per conquistare la città. Ma accadde che non furono vicini a una vittoria per molto tempo, e quindi decisero di allontanarsi da lì. E quando i cittadini si accorsero che stavano progettando di allontanarsi da lì, allora uscirono dalle mura della città e stesero i loro preziosi tessuti e tutti quegli abiti, che erano i migliori della città, oltre le mura della città e posero il loro oro e i loro oggetti di valore, che erano i più preziosi della città.

Allora uno dei loro soldati prese la parola e disse: "Pensavamo che questi uomini, i figli di Ragnar e le loro truppe, fossero uomini robusti, ma possiamo vedere che non si sono avvicinati alla vittoria più di altri".

Dopo questo, urlarono contro di loro e batterono i loro scudi e li provocarono in tutti i modi possibili. E quando Ivar lo sentì, fu così incredibilmente sorpreso che cadde in una grave malattia, tanto che non poteva muoversi, e dovettero aspettare fino a quando non si fosse ripreso o non fosse morto. Rimase lì tutto quel giorno fino a sera, e non disse una parola. E poi parlò con gli uomini che erano con lui, dicendo che avrebbero dovuto dire a Björn, Hvitsark e Sigurd, e a tutti gli uomini più saggi, che voleva parlare con loro. E quando vennero e si trovarono nello stesso posto tutti quelli che erano i più grandi capi tra le truppe, allora Ivar chiese se avessero escogitato qualche tattica che avrebbe avuto più successo di quelle che avevano provato prima.

Ma tutti risposero che non avevano l'attitudine necessaria per escogitare una tattica che potesse avere successo. "Ora, come spesso accade, sei tu quello il cui consiglio potrà essere utile".

Ivar rispose così: "Mi è venuto in mente un piano che non abbiamo provato. C'è una grande foresta non lontano da qui, e ora, quando cala la notte, viaggeremo dalle nostre tende segretamente verso la foresta, ma lasceremo le nostre tende di guerra qui, e quando arriveremo alla foresta, ogni uomo dovrà legare dei rami insieme. E quando ciò sarà fatto, attaccheremo la città da tutte le parti e appiccheremo il fuoco nel bosco, e ci sarà allora un grande incendio, e le mura della città perderanno la loro calce a causa dell'incendio. E poi tireremo su le nostre baliste e vedremo quanto sono resistenti".

E così fu fatto: viaggiarono fino alla foresta, e lì stettero finché Ivar lo riteneva necessario. Poi attaccarono la città secondo le sue disposizioni, e quando appiccarono il fuoco nella grande catasta di legna vi fu un incendio così grande che le mura non furono in grado di sopportarlo e perdettero la calce. Quindi le truppe di Ivar portarono le loro baliste in città e aprirono un grande varco tra le mura, e iniziò una battaglia. E non appena le due forze si opposero equamente in battaglia, le truppe dei cittadini caddero e alcuni fuggirono dinanzi a loro, e altri, alla fine, fuggirono verso le loro navi. Uccisero il figlio di ogni uomo che era in città, e presero tutti i beni e bruciarono la città prima di tornare sulla loro strada.

XIV

Da lì ripresero il cammino, fino a quando non arrivarono a una città chiamata Luna[1]. A quel punto avevano spezzato quasi tutte le città e tutti i castelli in tutto il Regno del Sud, ed erano così famosi in tutta quella regione che non c'era nessun bambino, per quanto giovane, che non conoscesse il loro nome. Allora progettarono di non andarsene finché non fossero arrivati a Romaborg[2], perché quella città era allora molto potente e piena di uomini, e famosa e ricca. Ma non sapevano a quale distanza fosse quella città, e avevano un esercito talmente grande da non poter fornire provviste per tutti. E quando furono nella città di Luna discussero del viaggio tra loro.

Poi arrivò un uomo, che era vecchio e astuto[3]. Chiesero che tipo di uomo fosse, e disse che era un povero mendicante e che, per tutta la vita, aveva attraversato il paese.

---

[1] Luni (La Spezia).
[2] L'obbiettivo di saccheggiare Roma è, nei vichinghi storici di cui si parla in introduzione, già prefissato prima di sbarcare in Italia. Essendo la città di Luni al tempo molto ricca, essa viene erroneamente confusa per Roma, e di conseguenza saccheggiata. L'aggressione vichinga di Luni (nell'anno 860) ha dato vita a molte leggende oltre a una riscrizione della effettiva storia in questa saga.
[3] Questo tipo di presentazione in una saga antica è spesso associato a una figura odinica, ovvero un'espressione della figura di Odino impersonificata di solito in un anziano uomo

"Allora saprai molte cose che puoi dirci, e che noi vogliamo sapere".

Il vecchio rispose: "Non so di nulla che non sarò in grado di dirti, qualunque sia la terra di cui vuoi chiedere".

"Vogliamo che tu ci dica quanto è lontana da qui Romaborg".

Rispose: "Posso mostrarti qualcosa per indicartelo. Potete vedere qui queste vecchie scarpe di ferro, che ho ai piedi, e queste altre, che porto sulla schiena, che ora sono logore. Ma quando sono partito da lì, avevo legato ai miei piedi quelle logore, che ora ho sulla schiena, e in quel momento erano entrambe nuove. Sono stato sulla strada da allora".

E quando il vecchio ebbe detto questo, pensarono di non poter proseguire sulla strada per Roma, come avevano inteso tra loro. E quindi si allontanarono con i loro guerrieri e catturarono molte città che non erano mai state catturate prima, e la prova di ciò può essere vista fino ad oggi.

---

con un cappello a larghe falde, un occhio solo, saggio e "astuto". Singolare è qui la sua apparizione nella città di Luna, antica colonia romana. L'equivalente romano di Odino/Wotan è Mercurius, dio dei viandanti e portatore delle anime nell'aldilà. L'associazione storica di Mercurius con Wotan ci è data da Tacito: *"Tra gli dei adorano soprattutto Mercurio, al quale ritengono lecito offrire anche sacrifici umani in determinati giorni"*.

XV

Ora la storia narra che Ragnar era seduto a casa nel suo regno e non sapeva dove fossero i suoi figli, né Randalín, sua moglie. Ma sentiva i racconti di tutti i suoi uomini che dicevano che nessuno poteva eguagliare i suoi figli, e gli sembrava che nessuno fosse famoso come loro. Poi si chiese come avrebbe potuto ottenere una fama che non vivesse meno a lungo. Quindi pensò a questo e mandò a chiamare i suoi artigiani e fece loro tagliare legna per due grandi navi, e gli uomini udirono che queste due navi mercantili erano così grandi che non ne erano mai state costruite di simili nelle terre del Nord. Quindi radunò da tutto il suo regno una grande quantità di armi. E da queste azioni, gli uomini capirono che aveva deciso di fare una spedizione di guerra lontano dalla sua terra. Questo divenne noto in tutte le terre vicine. E allora tutti gli uomini e i re che governavano quelle terre temettero di non poter restare nelle loro terre. E tutti avevano disposto sentinelle sulle loro terre, nel caso in cui li attaccasse.

Un giorno Randalín chiese a Ragnar dove avesse intenzione di viaggiare. Lui disse che intendeva andare in Inghilterra con non più di due navi mercantili e tante truppe quante ne potevano essere traghettate.

Poi Randalín disse: "Il viaggio che stai pianificando mi sembra molto imprudente. Ho intenzione di consigliarti di avere più barche e più piccole".

"Non c'è gloria", disse, "se gli uomini conquistano una terra con molte navi. Ma non c'è nessuna storia di qualcuno che abbia mai conquistato una terra come l'Inghilterra con due navi. E se subisco la sconfitta, sarà meglio aver preso poche navi da questa terra".

Allora Randalín rispose: "Non mi sembra meno costoso costruire queste due navi che avere più navi lunghe per questo viaggio. E sai che è difficile per le navi tenere rotta per l'Inghilterra, e se succede che le tue navi andassero perse, anche se i tuoi uomini riusciranno a sbarcare, allora saranno loro ad andare perduti se verrà il signore di quella terra. È meglio tenere la rotta verso i porti con navi lunghe piuttosto che in navi mercantili!"

Allora Ragnar disse in versi:

Nessun uomo audace può risparmiare

l'ambra del Reno[1]
se desidera guerrieri;
ma molti anelli aiutano un capo saggio
meno degli uomini guerrieri.
È male difendere
le porte della città con anelli color rosso;
Conosco molti verri morti[2]
il cui tesoro vive ancora.

Fece preparare le sue navi e riunì i suoi uomini, in modo che le navi mercantili fossero completamente piene. C'era molta discussione sui suoi piani. Ma poi pronunciò questo verso:

Cosa odo io, che spargo gli anelli[3],
ruggire dalle rocce:
che colui che dà il fuoco della mano[4]
dovrebbe fuggire gli ostici serpenti di mare[5]?
Io, lo spargitore dei bracciali,
Bil dalle molte spille[6], seguirò,
il mio piano, senza mai cedere,
se gli dei lo vorranno.

E quando le sue navi e le truppe che lo avrebbero accompagnato furono pronte, e quando sembrava che fosse arrivato il bel tempo, Ragnar disse che sarebbe andato sulle navi.

E quando fu pronto, Randalín lo accompagnò alle navi. Ma prima che si separassero, lei disse che lo avrebbe ricompensato per quella maglia che le aveva

---

[1] L'oro, in una kenning che si rifà alla tradizione nibelungico-volsungica.

[2] *Jöfra* – cinghiale, era un termine con cui ci si riferiva ai capi in tempi antichi, in quanto una testa di cinghiale adornava spesso i loro copricapi.

[3] Il re/capo militare che distribuisce ricchezza.

[4] Kenning per "oro", che essendo color rosso fuoco viene descritto come "fuoco della mano".

[5] Kenning che associa le navi ai serpenti, nella versione islandese chiamati *ófní*, eponimo mitologico del serpente (Ofnir e Svafnir - *Grimnismal*).

[6] Bil era una dea minore associata al ciclo lunare, che insieme al fratello Hjuki accompagna il dio Mani, personificazione della luna. Di lei si parla nell'Edda Poetica (*Gylfaginning*). Qui è utilizzata la sua figura insieme a "spilla", in una combinazione tesa a nobilitare la figura femminile di Aslaug/Randalín.

dato. Lui le chiese che tipo di ricompensa sarebbe stata, e lei rispose con un verso:

Ho cucito per te
una maglia senza cuciture;
col cuore pieno d'amore l'ho tessuta
dai capi di lana ingrigiti;
le ferite non sanguineranno,
né le lame taglieranno
attraverso questo invincibile panno
che è benedetto dagli dei.

Disse che avrebbe accettato questo aiuto. E poi, quando si dovettero salutare, fu evidente che la loro separazione fosse molto difficile per lei.

Quindi Ragnar fece rotta in Inghilterra con le sue navi, come aveva previsto. Incontrò un vento pungente, così che entrambe le sue navi si schiantarono sulle coste inglesi, ma tutte le sue truppe riuscirono a sbarcare mantenendo intatti i vestiti e le armi. E lì, ogni volta che incrociava fattorie, città o castelli, li conquistava.

E c'era un re chiamato Ella, che allora governava l'Inghilterra[1]. Gli era giunta notizia che Ragnar aveva lasciato la sua terra. Ella aveva mandato degli uomini, in modo che potesse sapere non appena Ragnar fosse sbarcato. Quindi questi uomini si presentarono a re Ella e gli diedero notizie di guerra. Allora inviò una convocazione in tutta la sua terra e ordinò a tutti coloro potessero impugnare uno scudo e cavalcare un cavallo e combattere, di venire da lui. Ne radunò così tanti che fu una cosa prodigiosa. Quindi Re Ella e i suoi uomini si preararono per la battaglia.

Allora Re Ella parlò con le sue truppe: "Se otteniamo la vittoria in questa battaglia, e capita che sappiate che è Ragnar ad averci attaccati, allora non porterete le armi contro di lui, perché ha figli che non ci lasceranno stare mai più, se lui cadesse".

Nel frattempo Ragnar si preparò per la battaglia, e sulla sua maglia indossava quell'abito che Randalín gli aveva dato in partenza, e nella sua mano c'era quella

---

[1] Ælla (morto il 21 marzo 867) fu re di Northumbria, in Inghilterra, nella metà del IX secolo. Le fonti sulla storia della Northumbria di questo periodo sono limitate, l'ascendenza non è nota e la datazione dell'inizio del regno di Ælla è discutibile.

lancia con cui aveva sconfitto il serpente che giaceva sulla pergola di Thora e che nessun altro aveva osato affrontare, e non aveva protezione salvo il suo elmo. E quando si incontrarono, ebbe inizio la battaglia. Ragnar aveva molte meno truppe. La battaglia non si protrasse a lungo prima che la maggior parte delle truppe di Ragnar fosse caduta. Ma ovunque lui fosse andato quel giorno, l'esercito nemico spariva davanti a lui. Colpiva i loro scudi, o maglie, o elmi, e così potenti erano i suoi colpi che nessuno poteva resistergli. Accadde che di tutti quelli che tiravano su di lui o lo colpivano, nessun'arma gli facesse alcun danno, e non ebbe mai una ferita, ma uccise una grande moltitudine di truppe di Re Ella. Tuttavia la battaglia si concluse con la caduta di tutte le truppe di Ragnar, e lui fu sopraffatto dagli scudi e preso prigioniero.

Poi gli fu chiesto chi fosse, ma egli tacque e non rispose.

Allora il re Ella disse: "Quest'uomo può così arrivare a una pena più grande se non ci dirà chi è. Ora sarà gettato in una fossa di serpenti e lasciate che sieda lì a lungo. Ma se lui dice qualcosa con cui potremmo sapere che è Ragnar, allora sarà estratto il più rapidamente possibile"[1].

Poi fu condotto lì e sedette nella fossa per molto tempo, ma nessun serpente si avvinghiò su di lui.

Allora gli uomini dissero: "Quest'uomo è molto forte: non è stato tagliato da nessun'arma tutto il giorno, e ora nessun serpente lo ferisce".

Allora il re Ella disse che doveva essere spogliato degli abiti più esteriori che indossava; così fu fatto, e tutti i serpenti si avvinghiarono da ogni parte.

Poi Ragnar disse: "Strillerebbero i giovani cinghiali se sapessero cosa ha sofferto il più anziano".

E sebbene avesse parlato così, non sapevano per certo che fosse Ragnar a essere detenuto piuttosto che un altro re. Poi pronunciò un verso:

Ho combattuto cinquanta
e una battaglia
che furono viste come gloriose:
Ho fatto molti danni.

---

[1] La morte in una gabbia di serpenti è la stessa che incontra Gunnar per mano di Atli, nella *Saga dei Volsunghi*.

Mai credetti che un serpente
sarebbe stato la mia rovina;
molto spesso ci accadono le cose
che per ultime si pensano.

E ne pronunciò un altro:

I giovani cinghiali strillerebbero
se sapessero lo stato del cinghiale;
del male fatto a me.
Serpenti scavano la mia carne,
mi pugnalano duramente,
e mi mordono;
presto il mio corpo
morirà tra le bestie.

Poi perse la vita, e fu portato via da lì. E il re Ella pensò di sapere che era Ragnar colui che era appena spirato. Poi pensò a come sarebbe potuto arrivare a sapere questo, e come avrebbe potuto mantenere il suo regno e come avrebbe potuto sapere in che modo i figli di Ragnar avrebbero reagito quando l'avessero saputo. Decise di fare un piano: preparò quindi una nave e per realizzarlo scelse un uomo, che era al tempo stesso saggio e resistente. Poi equipaggiò altri uomini, così che la nave fosse ben presidiata, e disse che voleva mandare un messaggio a Ivar e agli altri per dire loro della caduta del loro padre. Ma il viaggio sembrava ai più senza speranza, quindi pochi volevano andare.

Allora il re parlò: "E tu devi prestare attenzione a come ciascuno dei fratelli reagisce a queste notizie. Va via subito dopo, quando troverai il vento giusto".

Così fece preparare il viaggio in modo che gli fosse assicurata qualsiasi cosa. E quindi partirono, e viaggiarono bene.

E i figli di Ragnar stavano ancora saccheggiando il Regno del Sud. Poi cambiarono rotta verso le Terre del Nord e progettarono di visitare il loro regno, dove regnava Ragnar. Ma non sapevano del suo viaggio di guerra o di come fosse andato, ma erano molto curiosi di sapere che cosa ne fosse stato. Quindi viaggiarono attraverso il sud della terra. E ovunque, quando gli uomini sentivano parlare del viaggio dei fratelli, gli uomini abbandonavano le loro città e portavano via le loro cose e fuggivano davanti a loro, così che i fratelli non riuscivano a trovare cibo per le loro truppe.

Una mattina Björn Fianco di Ferro si svegliò e pronunciò un verso:

Il falco di pianura[1] vola qui
ogni mattina su queste ricche cittadine;
senza la fortuna
potrebbe morire di fame.
Dovrebbe andare a sud sulla sabbia
dove lasciammo la rugiada[2]
scorrere dalle ferite,
là dove scorre la morte degli uomini.

E ne pronunciò un altro:

Prima abbiamo viaggiato
per poter avere il potere di Frey[3]
nel Regno dei Romani,
dove avevamo poche truppe.
Lì lasciai la mia spada sguainata
per uccidere e massacrare
quelle barbe grigie;
l'aquila strilla sui morti caduti.

XVI

Proseguirono fino a giungere in Danimarca prima dei messaggeri di Re Ella, e quindi si accamparono tranquillamente con le loro truppe. E quando i messaggeri arrivarono con le loro truppe nella città dove venivano festeggiati i figli di Ragnar, si recarono alla sala dove stavano bevendo, presentandosi al seggio dove giaceva Ivar. Sigurd Occhio di Serpe e Hvitsark erano seduti a giocare a hneftafl[4], e Björn Fianco di Ferro stava intagliando un'asta di lancia sul pavimento della sala.

E quando i messaggeri di Re Ella vennero dinanzi a Ivar, gli parlarono rispettosamente. Ricevette il loro saluto, e chiese da dove venissero, e che notizie

[1] Una kenning per "corvo", mentre vola sopra i campi di battaglia.
[2] La rugiada dei colpi inferti, il sangue.
[3] Essere re nelle terre dei Romani: Frey era infatti il dio del potere regale, del comando politico. Da questo deriva il ruolo del re come colui che assicura fertilità del suolo e prosperità del popolo, come descritto nella *Saga degli Yngling*.
[4] Un gioco simile agli scacchi, in diverse varianti.

portassero. E quello che era il loro capo disse che erano Inglesi, e che il re Ella li aveva mandati là con la notizia della caduta di Ragnar, loro padre.

In quell'istante Hvitsark e Sigurd lasciarono cadere i pezzi del tafl dalle loro mani, e ascoltarono il racconto da più vicino. Björn si alzò in piedi sul pavimento della sala e si appoggiò alla sua asta di lancia. Ma Ivar chiese loro esattamente quali fossero le circostanze della morte di Ragnar. E raccontarono di come tutto era successo, dal momento in cui era arrivato in Inghilterra fino al momento in cui aveva perso la sua vita.

E quindi, quando il racconto arrivò al punto in cui aveva detto "strillerebbero i giovani cinghiali", Björn strinse la lancia con la mano, e la strinse così forte che in seguito la forma della sua mano fu vista su di essa. Quando i messaggeri terminarono il racconto, Björn scosse la lancia, in modo che si spezzasse in due. E Hvitsark teneva un pezzo di tafl che stava muovendo, e lo schiacciò così forte che il sangue schizzò fuori da sotto ogni unghia. E Sigurd Occhio di Serpe aveva tenuto un coltello con cui si stava facendo le unghie mentre stavano raccontando le notizie, ed era così assorto nell'ascolto che non notò nulla finché il coltello non si fermò nell'osso, e lui non sussultò per quello. Ma Ivar chiese come tutto fosse successo, e ora il suo colore era rosso, ora livido, e all'improvviso diveniva molto pallido, ed era così gonfio che la sua carne era tutta mortificata dalla rabbia che aveva in petto.

Allora Hvitsark cominciò a parlare e disse che la vendetta poteva essere presa più rapidamente uccidendo i messaggeri di Re Ella.

Ivar disse: "Non sarà così. Andranno in pace dove vorranno, e tutto ciò che manca loro, devono solo chiedermi, e io glielo assicurerò".

E quando ebbero finite con la loro missione, si diressero fuori dalla sala e verso le loro navi. E quando vi fu il vento andarono in mare, e viaggiarono molto bene fino a quando giunsero a un incontro con Re Ella e gli dissero come ciascuno dei fratelli aveva reagito alle notizie.

E quando Re Ella sentì quello, disse: "È certo che dovremo temere Ivar o nessun altro, proprio per quello che dite di lui: propositi di vendetta non scorrono molto profondamente in loro e riusciremo a mantenere il nostro regno contro di loro".

Poi fece inviare sentinelle in tutto il suo regno, in modo che nessun esercito potesse raggiungerlo senza essere scoperto.

E quando i messaggeri del re Ella se ne furono andati, i fratelli cominciarono a discutere su come avrebbero dovuto vendicarsi per Ragnar, loro padre.

Quindi Ivar parlò: "Non avrò parte in questo - non radunerò truppe, perché con Ragnar è successo come pensavo. Si era preparato male per la sua azione fin dall'inizio. Non ho rancore per Re Ella, e spesso accade che se un uomo decide ostinatamente di agire ingiustamente, viene abbattuto con disprezzo in questo modo. E accetterò un risarcimento da parte di Re Ella, se me lo darà".

Ma quando i fratelli lo sentirono, si arrabbiarono molto e dissero che non sarebbero mai diventati così codardi, anche se lui voleva esserlo. "Molti potrebbero dire che sbagliamo a riporre le nostre mani sulle ginocchia, se non cerchiamo la vendetta per il padre, quando in passato ci siamo spinti per tutta la terra con scudi di guerra e ucciso molti uomini senza colpa. Ma non sarà così; piuttosto saranno preparate tutte le navi di Danimarca che possono navigare. Le truppe più abili saranno radunate, così che chiunque possa portare uno scudo contro Re Ella viaggerà con noi".

Ma Ivar disse che avrebbe lasciato tutte le navi che aveva comandato, - "eccetto per quella su cui viaggerò io stesso".

E quando si seppe che Ivar non avrebbe preso parte all'azione, ricevettero molte meno truppe, ma non desistettero. E quando arrivarono in Inghilterra, il re Ella ne venne a conoscenza e rapidamente suonò le sue trombe e richiamò a sé tutti gli uomini che desideravano aiutarlo. E poi andò con così tante truppe che nessuno poteva dire quanti ne fossero venuti e andò incontro ai fratelli. Quindi gli eserciti si incontrarono, e Ivar non era lì quando si scontrarono in battaglia. E quando la battaglia finì, accadde che i figli di Ragnar fuggirono, e il re Ella ebbe la vittoria.

E mentre il re stava inseguendo l'esercito in fuga, Ivar disse ai suoi fratelli che non intendeva tornare alla sua terra... "e desidero scoprire se Re Ella mi farà onore o no; mi sembra meglio avere in tal modo un risarcimento da parte sua piuttosto che andare di nuovo come abbiamo fatto ora".

Hvitsark disse che non avrebbe avuto rapporti con lui, e che avrebbe potuto occuparsi dei suoi affari come desiderava, "ma non accetteremo mai pagamenti per nostro padre".

Ivar disse che si sarebbe separato da loro, e disse loro di governare il regno che tutti avevano tenuto insieme, "e dovreste mandarmi le mie cose, quando le chiederò".

E quando ebbe parlato, li salutò. Poi andò a incontrare Re Ella. E quando venne dinanzi a lui, salutò il re degnamente, e gli parlò così: "Sono venuto ad incontrarti, e voglio raggiungere un accordo con te sul compenso che preparerai per me. E ora vedo che non ho niente in confronto a te, e mi sembra meglio accettare il compenso che mi concederai, piuttosto che perdere i miei uomini o me stesso".

Allora il re Ella rispose: "Alcuni uomini sostengono che non è sicuro fidarsi di te e che tu parli in modo giusto quando invece pensi in modo ingannevole. Sarebbe difficile difendermi da te e dai tuoi fratelli".

"Non chiederò molto. Se me lo concedi, ti giuro questo: che non andrò mai contro di te".

Quindi il re gli chiese di dire quale compenso volesse.

Ivar disse: "Voglio che tu mi dia tanto della tua terra quanto la pelle di un bue, e al di fuori di essa sarà il confine esterno. Non chiederò di più da te, e penso che mi onorerai poco, se non mi concederai questo".

"Non so", disse il re, "se potrebbe farci del male se tu avessi tanta parte della mia terra, ma penso che te la darò, se giurerai di non portare armi contro di me. Se sei sincero con me, non temerò i tuoi fratelli".

XVII

Quindi discussero tra loro, e Ivar gli giurò che non lo avrebbe colpito e non cospirava per fargli del male, e avrebbe avuto la parte d'Inghilterra che poteva essere coperta da una pelle di bue, il più grande che poteva trovare.

Allora Ivar tolse la pelle da un vecchio toro e la fece ammorbidire, e quindi la fece stirare tre volte. Poi tagliò tutto in strisce, le più fini che poteva, e poi le lasciò dividere a metà, tra il pelo e la carne. E quando ciò fu fatto, la striscia fu così lunga che ne rimase meravigliato, poiché non pensava che potesse diventare così grande. E poi la fece stendere attorno a un campo, e c'era tanto spazio quanto dentro una grande città, e lì segnò la fondazione per una grande cinta muraria. E poi raccolse a sé molti artigiani e fece costruire molte case sul campo, e là fece costruire una grande città, chiamata Lundúnaborg[1]. È la più grande e famosa di tutte le città delle Terre del Nord.

E quando fece costruire questa città, fece trasferire i suoi beni mobili. Ed era così prodigo che dava con due mani e la gente lo riteneva così saggio che tutti lo cercavano perché assistesse ai loro consigli e casi difficili. Affrontò tutti i casi in modo tale che ciascuna delle parti ottenesse il meglio, e divenne popolare, così da avere molti amici. Il re riceveva molti consigli da lui, che sistemò i casi in modo che non si presentassero al re.

Quando Ivar era andato avanti con il suo piano fino a quando sembrava che la pace gli fosse garantita, mandò degli uomini a cercare i suoi fratelli e disse loro che avrebbero dovuto mandargli tanto oro e argento quanto lui avesse chiesto. E quando questi uomini vennero a cercare i fratelli, dissero della loro missione e anche ciò che era stato del piano di Ivar, cioè che gli uomini pensavano di non sapere quale inganno stesse preparando. E quindi i fratelli pensavano che non avesse la stessa disposizione che era solito avere. Quindi inviarono i beni che lui aveva chiesto. E quando la merce arrivò a Ivar, diede tutti i beni agli uomini più forti del paese e rubò delle truppe dal re Ella. Tutti dissero che sarebbero rimasti tranquilli, anche se in seguito lui si sarebbe potuto preparare alla guerra.

E quando Ivar aveva così sottratto le truppe al re, mandò degli uomini a cercare i suoi fratelli e a dire loro di assoldare una leva da tutte le terre in cui si estendeva il loro dominio, e chiedere tutti gli uomini che potessero ottenere. E quando questo messaggio giunse ai fratelli, capirono subito che molto probabilmente pensava che avrebbero davvero potuto ottenere la vittoria. Quindi convocarono truppe da tutta la Danimarca e il Gautland e da tutti i regni su cui avevano potere, e una innumerevole quantità di uomini fu riunita quando l'adunanza fu completa. Poi tennero rotta sulle loro navi verso l'Inghilterra, sia di giorno che di notte, perché volevano lasciare il minimo preavviso possibile del loro arrivo.

Allora le notizie di guerra furono riferite a Re Ella. Convocò le sue truppe ma radunò pochi uomini, perché Ivar gli aveva rubato molte truppe.

Quindi Ivar andò a incontrare Re Ella e disse che desiderava portare a termine ciò che aveva giurato. "Ma non posso influenzare le azioni dei miei

---

[1] Una fondazione vichinga della Città di Londra probabilmente non corrisponde al vero, ma una sua importante fortificazione durante le conquiste della "Grande Armata Pagana" ad opera dei vichinghi si ritiene del tutto probabile.

fratelli. Tuttavia, posso pianificare di trovarli e sapere se fermeranno il loro esercito e non faranno più male di quanto hanno già fatto".

Allora Ivar andò incontro ai suoi fratelli e li incoraggiò molto ad andare avanti come meglio potevano e lasciare che una battaglia arrivasse il più presto possibile, "perché il re ha pochissime truppe".

E loro risposero che non aveva bisogno di incoraggiarli, poiché il loro intento era lo stesso di prima.

Poi Ivar andò ad incontrare Re Ella e gli disse che i fratelli erano troppo ansiosi e furiosi per ascoltare le sue parole. "E quando volevo portare pace tra di voi, hanno urlato contro di essa. Ora proseguirò il mio voto, che non farò guerra contro di te: sarò zitto insieme alle mie truppe, e la battaglia con te potrebbe andare come andrà".

Allora il re Ella vide le truppe dei fratelli, e vennero così ferocemente che fu prodigioso.

Quindi Ivar disse: "Ora è il momento in cui dovresti preparare le tue truppe, Re Ella, e penso che per un po' premeranno contro di te con un forte assalto".

E non appena le truppe si incontrarono, vi fu una grande battaglia, e i figli di Ragnar si diressero duramente sull'esercito di Re Ella. La loro veemenza era così grande che i loro unici pensieri erano su come avrebbero potuto infliggere il maggior danno, e la guerra fu lunga e dura. E la battaglia finì così - Re Ella e le sue truppe si misero in fuga, ma lui fu catturato.

Ivar si trovava allora nelle vicinanze e disse che ora avrebbero dovuto portare a termine la sua vita. "Ora è il momento", disse, "per ricordare la morte che ha inflitto a nostro padre. Ora un uomo che è molto abile nell'intagliare il legno deve segnare un'aquila sulla sua schiena così precisamente che l'aquila si arrosserà del suo sangue".

E quell'uomo, quando fu chiamato a questo compito, fece come Ivar aveva comandato, e Re Ella fu in grande agonia prima che il compito fosse terminato[1].

---

[1] L'aquila di sangue è stato un presunto metodo di tortura (non ne esiste nessuna attestazione storica) e di esecuzione che consisteva nel separare le coste della vittima dalla spina dorsale, rompendole in modo tale da farle assomigliare ad un paio di ali

Poi morì, e loro ritennero di aver avuto vendetta per il loro padre, Ragnar. Ivar disse di voler dare loro il regno che tutti governavano insieme, mentre lui desiderava governare l'Inghilterra.

insanguinate, ed estrarre i polmoni dalla cassa toracica, per poi adagiarli sulle spalle in modo che ricadessero sul petto.

XVIII

Dopo quell'evento, Hvitsark e Bjorn tornarono a casa nel loro regno insieme a Sigurd, ma Ivar rimase e governò l'Inghilterra. Da quel momento in poi mantennero meno unite le loro truppe, e saccheggiarono in varie terre. E Randalín, la loro madre, divenne anziana.

E Hvitsark, suo figlio, era andato a esplorare da solo nelle Vie d'Oriente[1], ma grandi poteri gli andarono contro, tanto che non riuscì a sollevare il suo scudo e fu catturato. E allora scelse la sua morte: che fosse fatta una pira con le teste degli uomini, e lì sarebbe bruciato e così avrebbe perso la sua vita.

E quando Randalín lo sentì, pronunciò un verso:

Uno dei miei figli
affrontò morte nelle Vie d'Oriente;
Hvitsark era chiamato,
e non fuggì mai.
Fu arso sulle teste
mozzate da quelli scelti in battaglia
il principe coraggioso scelse quella
morte prima di cadere.

Poi un altro:

L'albero del popolo[2]
si è visto distruggere
con innumerevoli teste sotto il re;
dita di fuoco hanno cantato il suo destino.
Su quale letto migliore dovrebbe
giacere un attaccante in battaglia?
L'alto capo sovrano
ha scelto di cadere con fama.

Una grande lignaggio è derivato da Sigurd Occhio di Serpe. Sua figlia si chiamava Ragnhild, madre di Harald Bellachioma, il primo a governare su tutta la Norvegia.

---

[1] Probabilmente oltre il Gardarike (Russia), quindi in Asia, al di là degli Urali.
[2] "Albero" è una kenning comune per "guerriero" nella poesia skaldica; "l'albero del popolo" è un re o un capo militare, cioè Hvitsark.

E Ivar governò l'Inghilterra fino al giorno della sua morte, quando fu colpito da una malattia mortale. E quando si era ammalato di quella malattia, disse che avrebbe dovuto essere spostato in quel luogo che era il più esposto alle incursioni, e disse che si aspettava che chiunque fosse sbarcato lì non avrebbe ottenuto la vittoria. E quando esalò il suo ultimo respiro, fu fatto come aveva detto, e fu poi deposto in un tumulo. E molti uomini dicono che quando il re Harold Sígurdarson[1] arrivò in Inghilterra, giunse dove era Ivar e cadde in quella spedizione. E quando sbarcò Guigliemo il Bastardo[2], si recò al tumulo di Ivar e lo fece aprire, e vide che il corpo di Ivar non si era corrotto. Allora fece erigere una grande pira e fece bruciare Ivar nel fuoco, e in seguito combattè in quella terra ed ebbe la vittoria.

E da Björn Fianco di Ferro discendono molti uomini. Da lui è nata una grande famiglia: Thord, che coltivava in Hofdastrond, fu un grande capo dei thing[3].

E poi, quando i figli di Ragnar furono tutti morti, le truppe che li avevano assistiti furono disperse in lungo e in largo, e tutti quelli che erano stati con i figli di Ragnar pensarono che non ci fosse valore negli altri principi. Due uomini viaggiarono molto per la terra per scoprire se potevano trovare un principe che pensavano non fosse stato vergognoso servire, ma non viaggiarono insieme.

---

[1] In seguito noto come Harald Hardråde, è considerato come l'ultimo re dell'Era Vichinga, che storicamente termina con la sua morte nella battaglia di Stamford Bridge, nel 1066. Di lui si narra nella *Heimskringla*.
[2] Guglielmo I, detto anche Guglielmo il Conquistatore (Falaise, 8 novembre 1028 – Rouen, 9 settembre 1087), fu Duca di Normandia dal 1035 con il nome di Guglielmo II e re d'Inghilterra dal 1066 fino alla morte. Con il suo regno ebbe inizio la dinastia dei Normanni, la quale, comprendendo anche i rami femminili e cadetti che si sono avvicendati, siede tuttora sul trono inglese: infatti tutti i sovrani d'Inghilterra suoi successori, sono suoi discendenti diretti.
[3] Questa Thord "che coltivava in Hofdastrond" deve essere una contemporanea di chi scrisse la saga, dato che il luogo citato si trova in Islanda. Il personaggio cui si riferisce è quindi di epoca islandese, molto più tarda di quella vichinga.

XIX

Accadde che in questa terra un certo re avesse due figli. Si ammalò ed esalò il suo ultimo respiro, e i suoi figli vollero dare un banchetto funebre per lui. Stabilirono che alla festa sarebbero potuti venire tutti gli uomini che ne avessero sentito parlare nei successivi tre inverni. Quindi ciò si seppe ampiamente in tutto il paese. E in quei tre inverni prepararono la festa. E quando arrivò l'estate in cui avrebbero dato la festa funebre e il tempo stabilito era arrivato, la festa si rivelò così piena di uomini che nessuno ne ricordava una precedente così grande, e molte grandi sale furono preparate e molte tende allestite all'esterno.

E quando stava per giungere la prima sera, un uomo entrò nell'atrio. Quest'uomo era grande più di qualsiasi altro uomo nella sala, e dal suo abbigliamento si vedeva che era stato con uomini nobili. E quando entrò nella sala, andò davanti ai fratelli e parlò loro e chiese dove lo avrebbero fatto sedere. Loro erano compiaciuti e gli dissero di sedersi sulla panca superiore. Aveva bisogno dello spazio di due uomini. E non appena si fu seduto, gli fu portato da bere come agli altri uomini, ma non c'era un corno così grande che lui non finisse in un sorso, e tutti pensarono di essere certi che fossero niente rispetto a lui.

Poi accade che un altro uomo venne alla festa. Era anche più grande di quello precedente. Entrambi avevano cappucci bassi. E quando quest'uomo venne dinanzi al seggio dei giovani re, parlò generosamente e chiese loro di indirizzarlo a sedere. Dissero che questi si sarebbe seduto più in là rispetto all'altro sulla panchina. Allora andò al suo posto, e insieme occupavano così tanto spazio che cinque uomini dovettero alzarsi per loro. E colui che era venuto per primo fu il bevitore più scarso. E il secondo bevve così in fretta che versò quasi tutti i corni dentro di sé e gli uomini non lo videro ubriaco, e sembrava che tenesse in disprezzo i suoi commensali, e voltò loro le spalle.

Quello che era arrivato prima disse che avrebbero dovuto giocare insieme - "e io andrò per primo".

Spinse l'altro con la mano e pronunciò un verso:

Parla delle tue grandi imprese,
illuminaci, ti chiedo -
hai visto i corvi fremere
sul ramo, gonfio di sangue?
Sei stato invece più spesso:

visto a sedere nell'alto seggio
piuttosto che a raccogliere carogne insanguinate
per gli uccelli di guerra nella valle!

A coloro che sedevano all'esterno sembrò che fosse stato sfidato da un verso così diretto, ed egli rispose in versi:

Sta' subito zitto, tu che sei detto stare a casa;
ti accontenti di pochissimo,
non hai mai fatto
ciò che io posso vantare!
Non hai ingrassato
la cagna che cerca il sole[1] con la bevanda
del gioco di spada[2], ma hai rinunciato ai cavalli del porto[3];
cosa ti turba allora?

Quello che era arrivato per primo disse:

Lasciammo la possente guancia
dei cavalli del mare
correre verso le onde, i bordi della
nostra maglia luminosa sporchi di sangue.
La lupa ha banchettato, la fame
delle aquile saziata dal
sangue dei colli arrossati degli uomini,
mentre noi prendemmo il pasto duro della terra dei pesci[4].

Ora parlava quello che era arrivato dopo:

Pochissimo ho visto di te
quando i veloci
cavalli da tiro[1] trovarono la

---

[1] Una kenning per "lupo" che fa riferimento al lupo mitologico Skoll, che insegue il sole e che, al momento del Ragnarok, catturerà la sua preda.
[2] "Bevanda del gioco di spade", kenning per "sangue".
[3] Lo accusa di non essersi imbarcato per le incursioni vichinghe, rinunciando ai "cavalli del porto" – vale a dire le navi.
[4] "Il duro pasto della terra dei pesci" è una kenning per indicare il tesoro che veniva ottenuto nelle spedizioni.

piana bianca di spuma dinanzi a loro;
e con debole coraggio
ti nascondi dai corvi, all'albero mastro,
quando abbiamo girato le nostre rosse prue
di nuovo alla terra.

E allora il primo disse:

Non ci fa onore alcuno
litigare su ciò che abbiamo fatto
l'uno più dell'altro,
oltre al bere più degli altri.
Ti ergevi sul cervo di spade[2]
mentre le onde lo portavano attraverso il suono,
e mi sedetti all'ormeggio quando
la rossa prua guidò al porto.

Quindi il secondo rispose:

Fummo entrambi compagni
di Björn nel frastuono di spade,
fummo guerrieri provati
quando lottavamo per Ragnar;
Sopporto la ferita al mio fianco
dai becchi degli eroi[3]
nella terra dei Bulgari[4] -
commensale, siediti più vicino a me!

Alla fine si riconobbero e stettero insieme alla festa.

---

[1] Le navi, la kenning che le vede espresse come "cavalli" sono le più comuni in tutte le saghe. La seguente "piana bianca di spuma" è logicamente il mare.
[2] La nave equipaggiata da uomini armati, con le spade che sembrano corna di cervo.
[3] Le ferite da spada o da armi a punta in generale.
[4] I Bulgari furono una tribù centro-asiatica di guerrieri nomadi che, al tempo di cui si narra in questa saga, si erano ormai trasferiti nella zona attorno alla confluenza del fiume Kama nel Volga, e che quindi non si contendevano i primi territori insediati dai Variaghi in espansione – che proprio in quegli anni davano inizio ai regni Rus in Europa orientale. Ciò che è certo è che con "Bulgari" ci si riferisce qui, in termini piuttosto generali, alle tribù centro-asiatiche che da tempo assediavano l'Europa orientale (compresi Khazari, Peceneghi, Turchi, etc.). Non è chiaro se i due guerrieri abbiano preso parte alla missione orientale in cui Hvitsark perse la vita.

XX

C'era un uomo di nome Ögmund, che era chiamato Ögmund il Danese. Un giorno viaggiò con cinque navi e si fermò a Munarvag[1], in Samsey. Poi si dice che i cuochi andarono a terra per preparare la carne, e altri uomini andarono nei boschi per intrattenersi. Lì trovarono un vecchio uomo-albero, alto quaranta piedi e coperto di muschio, ma riuscirono ancora a distinguerlo e discussero tra loro su chi avesse potuto sacrificare a questo grande dio. E poi l'uomo-albero parlò:

È stato molto tempo fa
quando la prole
del re del mare viaggiò
per questa via
nelle lingue dei rulli[2]
attraverso il sentiero luminoso e salato[3];
da allora, sono stato io
a custodire questo posto.

E così i guerrieri,
figli di Lodbrok,
mi hanno messo qui
vicino al mare salato del sud;
nelle parti meridionali
di Sámsey hanno sacrificato
a me, e pregato per
la morte degli uomini.

Dissero all'uomo[4]
di stare vicino al bosco di spine,

---

[1] La baia di Munarvag, nell'isola danese di Samsö (Samsey è il nome arcaico), è un luogo ricorrente nella tradizione norrena. Celebre è l'episodio del "Risveglio di Angantyr" nella *Heravarsaga* (*Saga di Re Heidrek*).
[2] Le navi, intese come "lingue che scorrono sui rulli di lancio".
[3] Il mare.
[4] L'uomo-albero, sé stesso. Il simbolismo dell'albero è centrale in tutta la tradizione norrena, ma è qui espresso in modo peculiare e abbastanza inedito. È infatti alquanto raro trovare un albero gigante in forma umana che parli. Questa insolita personificazione è di chiara impronta cristiana, che individua nell'albero, come simbolo di eternità ma anche come estrema riduzione del mondo "pagano", il cantore dell'immortalità della stirpe di Ragnar Lodbrok.

coperto di muschio,
finché la spiaggia sarebbe esistita.
Le nuvole piangono su
ognuna delle mie guance,
perché ora nessuna carne
né vestiti mi proteggono.

E ciò sembrò loro prodigioso, e in seguito ne parlarono ad altri uomini.

Lightning Source UK Ltd.
Milton Keynes UK
UKHW020949260721
387781UK00003B/411